—— Vigdis Hjorth ——
¿HA MUERTO MAMÁ?

—— Vigdis Hjorth ——
¿HA MUERTO MAMÁ?

Traducción de
Kirsti Baggethun y Asunción Lorenzo

Nórdica Libros

Título original:
Er mor død

NORLA

© CAPPELEN DAMM AS, 2020
Published in agreement with Casanovas & Lynch Literary Agency

© De la traducción:
Kirsti Baggethun y Asunción Lorenzo

© De la ilustracion de cubierta:
Federico Delicado

© De esta edición:
Nórdica libros
nordicalibros.com

Primera edición: octubre de 2022

ISBN: 978-84-19320-27-8
DEPÓSITO LEGAL: M-25195-2022
IBIC: FA
THEMA: FBA
Impreso en España / *Printed in Spain*
Imprenta Kadmos

Diseño:
Ignacio Caballero

Maquetación:
Diego Moreno

Corrección ortotipográfica:
Luis de Dios Cardaba, Victoria Parra y Ana Patrón

Si nuestra madre hubiera muerto, ella me habría informado.
Tiene obligación de hacerlo.

Una noche llamé a mi madre. Fue esta primavera, porque recuerdo que al día siguiente di un paseo con Fred por Borøya, y el tiempo era lo bastante bueno como para comernos el bocadillo en el banco que hay junto a Osesund. Apenas había dormido a causa de la llamada, y me alegré de haber quedado con alguien por la mañana y de que fuera con Fred, porque no paraba de temblar. Me avergonzaba de haberla llamado. No me estaba permitido, y, sin embargo, lo hice. Violé una prohibición que me había impuesto a mí misma, y que me habían impuesto. De todos modos, mi madre no cogió el teléfono. Enseguida se oyó el pitido, había pulsado la tecla de rechazo. No obstante, volví a llamar. ¿Por qué? No lo sé. ¿Qué pretendía con ello? No lo sé. ¿Y por qué esa paralizante vergüenza?

Por suerte, al día siguiente iba a dar un paseo con Fred por Borøya, estaba impaciente, los temblores internos se aplacarían al hablar con él. Fui a buscarlo a la estación, y cuando se metió en el coche, le conté lo que había hecho, llamar a mi madre, me explayé con Fred camino del aparcamiento y mientras caminábamos alrededor de la isla, pero a él no le parecía raro que hubiera llamado a mi madre. «A mí no me parece raro que quieras hablar con tu madre». Yo seguía avergonzándome, pero los temblores disminuyeron. No tengo nada que decirle, dije. No sé qué le habría dicho si hubiera cogido el teléfono, dije. Tal vez tuviera la esperanza de que de repente se me ocurriera algo si mi madre cogía el teléfono y su voz decía: ¿Hola?

Yo misma me había colocado en la situación en la que me encontraba. Yo misma había elegido romper mi matrimonio, dejar la familia, el país, hace casi tres décadas, aunque no tuve elección. Dejé el matrimonio y la familia por un hombre que a ellos les parecía dudoso, y por una actividad que ellos encontraban ofensiva, exhibir imágenes que consideraban difamatorias, no volví a casa cuando mi padre cayó enfermo, no vine a su entierro, ¿qué postura debían tomar ante eso? Les parecía horrible, yo les parecía horrible, les resultó horrible que me fuera, que los deshonrara, que no viniera al entierro de mi padre, pero para mí lo horrible ocurrió mucho antes. No lo entendían, o no querían entenderlo, no nos entendíamos, y, sin embargo, llamé a mi madre. La llamé como si fuera algo normal. Ella, por supuesto, no contestó. ¿Qué me había creído? ¿Qué esperaba? ¿Que mi madre cogiera el teléfono como si se tratara de un asunto digno de confianza? ¿Quién me creía yo que era? ¿Me creía importante de alguna manera? ¿Pensaba que ella se iba a alegrar? En la realidad no es como en la Biblia, que cuando el hijo pródigo vuelve, se le hace una fiesta. Me avergoncé de haber violado mi prohibición, y con ello haber revelado a mi madre y a Ruth, a la que mi madre con toda seguridad había contado lo de la llamada, que no era capaz de respetar mi decisión, mientras que ellas, mi madre y mi hermana, sí respetaban la suya y ni se les ocurría llamarme. Está claro que se habían enterado de que yo estaba en el país. Seguramente me buscaban en Internet y habían visto que se estaba organizando una exposición retrospectiva de mi obra, que ya tenía un número de teléfono noruego, si no, mi madre habría cogido el teléfono. Ellas eran fuertes y obstinadas, mientras que yo era débil e infantil, como una niña pequeña. Y, además, no tenían ninguna *gana* de hablar conmigo. ¿Pero tenía yo *ganas* de hablar con mi madre? ¡No! ¡Pero la había llamado! Me avergonzaba de que algo dentro de mí *quisiera* hablar con ella y que, al llamarla, se lo revelara, que le revelara que necesitaba algo. ¿Qué podía ser? ¿Perdón? Tal vez ella pensara eso. ¡Pero yo no tenía elección! ¿Entonces por qué llamé? ¿Qué quería? ¡No lo sé! Mi madre y Ruth pensaban que llamé porque me arrepentía, tenían la esperanza de que me arrepintiera y lo estuviera pasando mal, de que las echara de menos y quisiera reconciliarme con ellas, pero mi madre no cogió el teléfono, porque no me lo iban a poner tan fácil, que nada más volver al país con ganas de hablar, ellas iban a estar dispuestas a recibirme, nada de eso. Que me arrepintiera ahora de mi decisión. ¡Pero yo no me arrepentía! A ellas les parecía que tuve elección, y eso me irritaba, pero la irritación se lleva fácilmente, la irritación no es nada en comparación con la vergüenza. ¿Por qué esa vergüenza paralizante? Me vino bien hablar con Fred. Caminamos por los senderos de pizarra a lo largo del mar lleno de patos y cisnes nadando, en la curva de Osesund encontré un tusilago, y Fred me dijo que eso significaba suerte. En casa lo puse en una huevera con agua, pero se marchitó enseguida. Ahora estamos en otoño, a uno de septiembre. Mi primer otoño noruego en treinta años.

Había bebido cuando llamé, no mucho, un par de copas de vino, pero sí que había bebido, de lo contrario, no habría llamado. Encontré el número en las páginas amarillas y lo marqué con dedos temblorosos. Si hubiera pensado de un modo racional, no habría llamado. Si previamente me hubiera impuesto pensar con claridad, imaginarme los escenarios más probables si mi madre cogía el teléfono, no habría llamado, habría llegado a la conclusión de que eso no nos crearía a las dos más que malestar. Era una llamada poco real, irracional. Así que no fue respondida. Mi madre y mi hermana eran racionales, yo era irracional, ¿era eso lo que me hacía sentir avergonzada? Si hubiera pensado racionalmente, habría comprendido que, aunque mi madre hubiera cogido el teléfono, aquello no habría sido algo que se pudiera llamar conversación. Una conversación entre mi madre y yo era ya imposible. Pero no contuve mi impulso irracional, no quería pensar con claridad, quería seguir ese repentino y para mí misma sorprendentemente fuerte impulso. ¿De qué profundidades subía? Eso es lo que intento averiguar.

No había tenido lo que se dice una conversación con mi madre en treinta años, tal vez nunca la había tenido. Conocí a Mark, solicité en secreto una plaza de alumna en la facultad en la que él daba clase en Utah y crucé el océano en su compañía, dejando atrás el matrimonio y la familia. Todo ocurrió en el transcurso de un caluroso verano. Es verdad lo que se dice de que basta con una mirada, una sola mirada, y yo ardía con una llama inextinguible, lo que se consideró una traición y un desprecio. Escribí una larga carta explicando por qué aquello era necesario para mí, abrí mi corazón en una carta, pero en la breve respuesta que recibí era como si no la hubiera escrito. Una respuesta breve y decidida, con amenazas de renegar de mí, pero «si entraba en razón» y volvía a casa inmediatamente, tal vez podrían perdonarme. Escribían como si yo fuera una niña sobre la que tenían derecho de usufructo. Enumeraban todo el dinero y esfuerzo mental que les había costado criarme, les debía mucho. Comprendí que lo decían literalmente, que estaba en deuda con ellos. Creían en serio que iba a renunciar a mi amor y a mi trabajo porque me habían pagado las clases de tenis en mi adolescencia. No me tomaban en serio, no me leían con buena voluntad, me amenazaban. Tal vez sus propios padres o tutores tuvieron en su momento tanto poder sobre ellos, tanto temblaron ante sus palabras que pensaban que las suyas, sobre todo las escritas, tendrían el mismo poderoso efecto en mí. Volví a escribir una larga carta explicando lo que significaba para mí la formación artística, quién era Mark, volvieron a responder como si yo no hubiese escrito nada, como si ellos no lo hubiesen leído, y volvieron a enumerar los gastos que les supuso el piso que compraron para que yo pudiera vivir cerca de la universidad mientras estudiaba, y la boda que, con mi conducta inmadura, ridiculizaba ahora ante todo el mundo, traicionando a mi flamante marido, y dejando a su familia incrédula y humillada. Tenía que sacarme de la cabeza «las ideas» que «ese tal M» me había metido. Solo unos cuantos elegidos lograban vivir de su arte, y estaba claro que yo no era uno de ellos. Aquello me dolió, y el que creyeran de verdad que frases como esas me harían dejar mi nueva vida, volver a mi país y a mis deudas, y adaptarme a su forma de vida, aunque eso implicara una automutilación. No contesté a esa carta, escribí una navideña cuando se acercaban las Navidades, una carta agradable, pero distante, sobre la pequeña ciudad en la que vivíamos, la casa, el trozo de jardín donde cultivábamos tomates, el paso de las estaciones en Utah, escribí como si su anterior carta no se hubiera escrito, les hacía lo que ellos me hacían a mí, ¡feliz Navidad! Recibí una carta parecida. Breve, distante, ¡feliz Año Nuevo! Les mandaba de vez en cuando el catálogo de alguna exposición o una postal de algún viaje, les escribí cuando tuve a John, adjuntando una foto suya. Él recibió una carta de respuesta, querido John, bienvenido al mundo, saludos de tus abuelos y de tu tía Ruth. Cuando el niño cumplió un año, recibió por correo una taza de plata de su abuela, cuando cumplió dos, una cuchara, y cuando cumplió tres, un tenedor. Los primeros años, mi hermana enviaba a veces escuetos mensajes sobre la salud de nuestros padres si pasaba algo especial, una operación de un cálculo renal, una caída en el hielo, nada de querida hermana, nada de preguntas, solo una frase sobre el estado físico de nuestros padres, firmado, Ruth. Mientras ellos estaban relativamente sanos, ocurría rara vez. Entre líneas podía leerse, pobre de ella que tenía que arreglárselas sola, yo era una egoísta que me había ido sin preocuparme de nada. Ella escribía, así lo sentía yo, para ver si me remordía la conciencia, ¿acaso era porque había en mí algo de mala conciencia? Pero después de que mis trípticos *Hija y madre 1, Hija y madre 2,* se expusieran en su ciudad, mi ciudad, en una de las galerías más prestigiosas de la misma, con una gran afluencia de público y amplia cobertura en prensa, cesaron los escuetos mensajes de Ruth y los saludos festivos de mi madre. Indirectamente, por Mina, cuya madre seguía viviendo en la vecindad, supe que mis cuadros les parecían escandalosos, que yo avergonzaba a la familia, sobre todo a mi madre. John seguía recibiendo cartas para su cumpleaños, pero las palabras eran menos cálidas. Por lo demás, se hizo el silencio. Yo no sabía nada de la vida diaria de mis padres. Suponía que era rutinaria, como la de casi toda la gente mayor acomodada, seguían viviendo en la casa a la que se mudaron cuando yo era adolescente, en un barrio más elegante que el de la casa de mi infancia, eso era todo lo que sabía. Si la hubieran vendido, me habría enterado. Eran personas ordenadas en los temas económicos. Me resultaba fácil imaginármelos en las habitaciones de la casa en la que yo había vivido con ellos de pequeña, pero no me los imaginaba en la nueva. Hace catorce años, trabajando en un taller en el Soho, Nueva York, y con Mark ingresado en el Presbyterian Hospital, recibí un mensaje de Ruth diciendo que nuestro padre había sufrido un derrame cerebral y estaba en el hospital, no ponía nada más, no me decía que viniera. Durante las tres semanas siguientes, escribió varios escuetos mensajes sobre el estado de nuestro padre, utilizando en parte una incomprensible terminología médica. No había ninguna invitación en sus palabras, nada de querida ni mi nombre, eran simplemente escuetas informaciones que ella se sentía obligada a enviar, no creo que quisiera que yo viniera para estar con él. Mi presencia tendría un efecto perturbador. Yo no tenía ningún papel que desempeñar, no crearía más que intranquilidad, solo con pensarlo, yo ya la sentía, deseé a mi padre que se mejorara. El veinte de noviembre, mi hermana escribió que nuestro padre había muerto, me llegó por sorpresa, también entonces estaba en el taller del Soho, Mark seguía en el hospital Presbyterian, no fui, no pensé en viajar y asistir al entierro. Ellas tampoco me lo pidieron, Ruth escribió que nuestro padre sería enterrado tal día en tal cementerio, y punto. Al día siguiente del entierro recibí un mensaje de su teléfono, pero era de las dos, ponía «nosotras», y estaba firmado «mamá y Ruth», una despedida. Mi madre se había tomado muy mal que no hubiera acudido a ver a mi padre enfermo ni a su entierro, casi la había matado, ponía, en cierto modo, la había matado simbólicamente, así lo expresaba, que yo recuerde, no guardé el mensaje, lo borré enseguida, ahora me arrepiento, sería interesante revivirlo, quiero decir, leerlo hoy, ahora, en septiembre. Lo viví como un pretexto para y culparme a mí de ese *por fin*. A John dejaron de llegarle las felicitaciones por su cumpleaños.

Ya no solo no nos hablábamos, comprendí que éramos enemigas, no me impresionó, yo trabajaba, me ocupaba de Mark, de John. Vendieron la casa, mi madre se compró un piso, me enviaron un cálculo, una cantidad y una carta profesional de un abogado, pero no la nueva dirección de mi madre, y qué. Cuando alguna vez hacíamos una breve visita al país, no las avisábamos, cuando murió Mark, no se lo dije, ni lo conocían ni habían manifestado nunca ningún deseo de conocerlo. Cuando John se trasladó a Europa hace cuatro años, a Copenhague, no se lo dije, por qué iba a hacerlo, no lo conocían. Hablé con Mina, hablé con Fred. Pero cuando dos años después, el Museo de Skogum decidió organizar una amplia exposición retrospectiva de mis obras, la ciudad de mi infancia empezó a perseguirme en sueños. Conforme las conversaciones con la comisaria sobre qué obras se iban a incluir iban siendo más frecuentes, la ciudad también empezó a perseguirme durante el día. Había prometido contribuir con al menos una obra nueva, pero no conseguía hacer nada, día tras día me ponía frente a distintos lienzos, pero mis pinceladas eran indiferentes. Pensándolo bien, no había producido nada importante desde el maniático arrebato después de la muerte de Mark, esos años que me pasé en el taller intentando superar mi luto. Ahora se había suavizado, ¿sería porque ya vivía sola en todo lo que había sido nuestro? Decidí trasladarme a casa, la sigo llamando «casa», en principio por un tiempo, hasta la inauguración de la exposición. No las informé. ¿Por qué iba a hacerlo? Decidí poner en alquiler la casa de Utah, alquilé un piso en el nuevo barrio junto al fiordo, con una terraza cubierta en el ático que podía usar como taller, la pensión de viudedad que me dejó Mark me lo permitía. Vivo en la misma ciudad que mi madre, a cuatro kilómetros y medio de su casa, he buscado la dirección en las páginas amarillas, vive en la calle Arne Brun, 22, más cerca del centro que las casas en las que viví de niña y de adolescente, también encontré su número de teléfono.

Los primeros meses pasaba la mayor parte del tiempo en casa, ya no conocía la ciudad, me sentía como una extraña, además, era a finales del invierno. Una niebla gris se posaba sobre el fiordo en parte cubierto de hielo, las lomas de las colinas parecían dálmatas dormidos, las aceras estaban llenas de hielo. Cuando alguna rara vez salía a la calle, era consciente de la presencia de mi madre a cinco kilómetros de distancia. Al contrario que los últimos treinta años, había ahora una posibilidad real de encontrarme con ella. Pero no saldría mucho con este tiempo, con este frío, con este hielo en la acera, para no romperse la cadera. Las mujeres mayores tienen miedo de romperse la cadera. Ella debía de tener ya ochenta y muchos años. Una tarde de febrero estaba en la estación junto a la máquina expendedora de billetes cuando una señora mayor me preguntó si podía ayudarla a sacar uno. Yo acababa de aprender y la ayudé, se había parado junto a mí con una confianza que me conmovió, con el bolso y la cartera abiertos. Cuando le di el billete, me preguntó si podía ayudarla a subir la escalera, no pude negarme. Se agarró a mi brazo con una mano y al pasamanos con la otra, el bolso le colgaba del cuello, oscilando a cada paso, tan lentos que tenía miedo de perder el tren, pero obviamente, no podía dejarla. Conté los escalones para tranquilizarme, había veintidós. En el andén me dio efusivamente las gracias, dije que no había de qué, la mujer dijo que iba a visitar a su hija, y me sentí avergonzada.

¿Llamé a mi madre para conocerla de nuevo? ¿Para ver quién es ahora? Hablar con mi madre como si no fuera mi madre, sino una persona normal y corriente, una mujer cualquiera en la estación de tren. No es posible. No porque no sea una persona completamente normal y corriente, con todas sus peculiaridades, sino porque una madre nunca puede ser una persona normal y corriente para sus hijos, y yo soy su hija. Aunque ella tenga ya otros intereses, haya desarrollado otras capacidades, y cambiado su carácter, para mí siempre será la madre de entonces. Quizá ella odie que sea así, ser madre es una cruz. Mi madre está harta de ser madre, de ser mi madre, en cierto modo ya no lo es, pero mientras su hija viva, no puede estar segura. Tal vez mi madre haya tenido siempre la sensación de que ser mi madre ha sido incompatible con ser ella misma. Quizá desde que nací hubiera deseado no ser mi madre. Pero por mucho que lo intentara, no se libró. O quizá lo haya logrado, tal vez durante mi larga ausencia se haya olvidado de que es mi madre, y entonces voy yo y se lo recuerdo, llamándola. Seguro que no se lo esperaba.

Ella dirá que ahora es una persona distinta a la de entonces. Es comprensible que los padres deseen ser vistos con una nueva mirada por sus hijos, cuando estos maduran y se vuelven más sabios. Pero nadie puede exigir a sus descendientes que dejen de lado la imagen que tienen de su madre tal y como la vieron en su infancia, nadie puede exigir a sus descendientes que borren la imagen de la madre tal y como se creó los primeros treinta años de su vida, para luego verla imparcialmente como una mujer de setenta u ochenta años.

Es más fácil para los que ven a sus padres con regularidad. La mayoría de mis amigos que ven a menudo a sus padres los miran ahora con más clemencia que antes, porque los padres tal vez hayan sido limados en el transcurso de las asperezas de la vida, se hayan vuelto más indulgentes y conciliadores, y a algunos sus padres les han explicado las razones de sus equivocaciones, e incluso unos cuantos les han pedido perdón. Tal vez Ruth haya visto a nuestra madre volverse más cariñosa y sabia, eso tiene que ser bueno tanto para Ruth como para nuestra madre. Poco a poco, la imagen anterior es sustituida por una más nueva, o la imagen de la joven y de la vieja confluyen, y la imagen que surge de la fusión es más sencilla de aceptar. La persona que está en contacto frecuente con su madre y habla con ella del pasado contribuye a recrearlo, se crea una historia en común. Seguramente es así. Es probable que Ruth lo recuerde ahora como nuestra madre quiere.

Pero también he oído historias que dicen que las cualidades de la madre que fueron las peores en la infancia se refuerzan tanto durante la vida que al final dominan su personalidad. La madre de Mina criticó y regañó a Mina todos los días de su vida y sigue haciéndolo con más fuerza aún, sin piedad. Mina va a verla todos los días a la residencia y le lleva albóndigas y sopa, y es recibida con acusaciones y sarcasmos. ¿Qué es lo que mueve a Mina? Si protestara por esas cosas absurdas, su madre obtendría la confirmación de su juicio sobre la vida y sobre Mina, y Mina opina que no se lo merece. El que las palabras de su madre parezcan no afectar a Mina es el castigo de Mina a su madre. Hija y madre.

Cuando decidí volver a casa, el trabajo me iba mejor, empecé un cuadro que consideraba prometedor y me lo traje conmigo al atravesar el océano, pero cuando todos los asuntos prácticos de la mudanza acabaron, y me puse a trabajar de nuevo, la cosa ya no funcionaba. Empecé otro, más primaveral, luego llamé a mi madre, y me bloqueé. Quería visitar museos y galerías, que es lo que suelo hacer cuando no consigo avanzar, pero tenía miedo a los espacios públicos desconocidos. Había pasado tanto tiempo sola desde que murió Mark que me había vuelto insociable, ¿o era porque ya no conocía la ciudad, o porque mi madre vivía en ella y tenía miedo de encontrármela? Me fijaba en todas las mujeres mayores. Suben despacio y encorvadas a los trenes. Se agarran a los asideros, se apoyan en paredes y puertas, se levantan con dificultad cuando se acerca el tren, comprueban el contenido de sus anticuados bolsos para asegurarse de que todo está ahí, monedero, gafas, llaves, yo había empezado a hacer lo mismo. ¿Las gafas? En la farmacia se sientan en las pocas sillas que hay con rostros cerrados, no leen el periódico, no miran el teléfono, dan la espalda al mundo, o al revés, se vuelven hacia el prójimo, el *ticket* entre los dedos ligeramente temblorosos, la pantalla en la que aparecen sin parar nuevos números rojos, todo ocurre muy deprisa, con miedo de que el número cambie antes de que les haya dado tiempo a levantarse y llegar al mostrador para pedir la medicina que necesitan. Los viejos cuerpos se tambalean. ¿Se tambalea mi madre? ¿Para qué quiero saberlo? ¿Mi madre lleva audífono? ¿Para qué saberlo?, me pregunto.

Una se interesa sobre todo por la información que no le llega. A falta de información, invento a mi madre. ¿Qué es lo que me interesa? Me pregunto cómo está. No por consideración, no en ese sentido, pero: ¿Cómo has vivido todo? ¿Cómo te has sentido? ¿Cómo vives la situación ahora, la existencial que compartimos, qué piensas de nuestra situación? ¿Nunca lo sabré? ¿Nunca sabrá ella cómo la he vivido yo? Tendrá que preguntárselo. Lo que pienso, cómo me encuentro, por muy enfadada, por muy herida que esté, tiene que preguntárselo, porque al fin y al cabo soy esa niña de casi sesenta años.

¿Qué edad tiene mi madre? Hace mucho tiempo recibí un mensaje de Ruth: Mamá cumple hoy setenta años. Respondí que la felicitara de mi parte. Tuvo que ser antes de que mi padre muriera, así que entonces ahora tiene ochenta y cinco o más. No recuerdo su año ni su fecha de nacimiento, encontrar esos datos no resulta tan fácil como se podría pensar. Podría llamar a alguien de la familia y preguntar, a Ruth o al hermano pequeño de mi madre, está en las páginas amarillas, pero no puedo llamar y preguntarle por el cumpleaños de mi madre, eso está descartado. Es otoño, recuerdo cuando cumplió cuarenta y cinco años, tiene que haber sido entonces, porque estaba Thorleif, estamos en el jardín, bajo los árboles frutales. Quizá lo esté inventando. Pero recuerdo los problemas de respiración, la presión en el pecho que siempre sentía en esas ocasiones, cuando la familia aparecía en público, la sensación de que alguien me había puesto a presión un manuscrito en las manos, las expectativas de que yo representara mi papel, la leal hija de abogado, la esposa de abogado, la estudiante de Derecho, el malestar por lo uno y por lo otro, el desagrado porque los demás, Thorleif, Ruth y el resto de los invitados seguían fielmente el manuscrito redactado por mis padres, sobre todo por mi padre, la sensación de falta de libertad y de no poder ser yo misma, por cierto, yo no sabía quién era y no podía averiguarlo donde me encontraba, en el jardín de mis padres, en la fiesta de mis padres, lo recuerdo claramente, la sensación de cárcel y una frustración creciente que me temía que no sería capaz de contener. ¿Entonces qué? Thorleif con su profundo respeto hacia mi padre, Thorleif siguiéndole la corriente, la risa de Thorleif cuando mi padre ironizaba sobre mis «caprichos artísticos», sus ojos en blanco por mi deseo de entrar en la Escuela de Artes y Oficios o la Escuela de Artilugios y Arteros, como él la llamaba, la risa de Thorleif. Desde pequeña, yo pensaba que mi padre no era mi padre. Cuando oí la historia de Hedvig, que no era hija de Hjalmar Ekdal, pensé: ¡Eso es! Con la única diferencia de que si me lo confirmaran, yo no me pegaría un tiro, sino que me sentiría aliviada, libre, pensaba. Mi madre había estado con otro hombre, tal vez solo una noche, y se había quedado embarazada, y mi padre sospechaba que yo podía ser hija de otro, porque no me parecía a él, y cada vez que mi madre me miraba, le recordaba su infidelidad, se avergonzaba y tenía miedo de que la descubrieran, sin duda era así, eso lo explicaba todo, por qué, si no, se sobresaltaba cada vez que yo entraba en una habitación. «¡No me asustes!» Mi padre contó por enésima vez el chiste sobre los ladrones que iban a robar en un museo de arte, y uno pregunta al otro que cómo se sabe qué cuadros son los más valiosos, los más feos, jajaja. No es arte solo porque nadie lo entiende, jajaja. Si de mayor no eres conservador, no tienes cerebro. Yo era la que no tenía cerebro. Mis intentos de protestar eran recibidos con sonrisas indulgentes, cada germen de protesta era interpretado como una expresión de un deseo inmaduro de oponerse por oponerse, ridículo. Thorleif se reía, y a mí se me cerraba la garganta, pero eso ya no me quema. La ardiente mirada de mi madre al comprender que yo no daría ningún discurso, la de mi padre de color azul glacial. Pero nada de eso me quema ya.

Saben que estoy en la ciudad. Me llamó Mina, se había encontrado a Ruth en Langvann y, cuando le contó que me había trasladado al país por una temporada, Ruth ya lo sabía.

No dan señales de vida. Son orgullosas y fieles a sus principios, lo decidieron cuando no vine al entierro de mi padre y decidido está.

Llamé a mi madre. Era por la noche, más o menos las diez, suponía que estaba sola. Me la imaginaba viendo la televisión. No, así es como me la imagino *a posteriori*, por aquel entonces no tenía una idea concreta, llamé por impulso, se me ocurrió y llamé antes de que me diera tiempo a reflexionar. Me había tomado un par de copas de vino. Mi madre no cogió el teléfono. Es decir, la llamada fue rechazada. Puede que Ruth hubiera bloqueado mi número en su teléfono, ya que seguramente opinaba que a mi madre no le hacía bien hablar conmigo, lo que seguramente sea en cierto modo verdad. Ruth sabe que estoy en la ciudad y teme que llame a nuestra madre. Quiere evitar todo contacto. Mi hermana protege a nuestra madre y a sí misma bloqueando mi número en su teléfono. No creo que sea mi madre la que lo haya hecho. Que yo recuerde, siempre ha sido una negada para la tecnología. Aunque eso puede haber cambiado, sobre todo después de la muerte de mi padre. Quizá mi madre haya mejorado en cuanto a las cuestiones prácticas, pero me imagino que Ruth hace la mayor parte, sobre todo en lo que al teléfono se refiere. Pero tal vez crea que es Ruth la que ha bloqueado mi número porque espero que dentro de mi madre haya algo que *quiera* que la llame. Mi madre no siente indiferencia. Por mucho que haya logrado alejarme de su interior, seguro que no hasta el punto de que mi indiferencia le sea indiferente. Llamándola, confería a mi madre una forma de importancia. Creo que es eso lo que quiere. Incluso si piensa que la llamé para acusarla de algo, pero eso no podrá creerlo después de todos estos años, después de treinta años.

Al lado de la casa en la que crecí, vivía una señora mayor viuda, la señora Benzen. Todos los niños le teníamos miedo, nos hacía callar cuando jugábamos, nos regañaba si nos apoyábamos en su valla, amenazaba con llamar a la policía si cogíamos alguna cereza de las que en verano colgaban de las ramas sobre la acera. Descubrí que también mi madre, que entonces era joven, le tenía miedo a la señora Benzen. Es uno de mis recuerdos más tempranos, y todavía me duele pensar en ello. Tendría unos siete años, estaba sola, lanzando una pelota a la puerta del garaje, una vez la tiré demasiado alta y la pelota acabó en el jardín de la señora Benzen. Como no vi a nadie en las ventanas, entré a toda prisa, cogí la pelota del macizo de flores de debajo de la terraza, me fui corriendo y seguí jugando, entonces vi a la señora Benzen cruzar la puerta de la valla que separaba nuestros jardines, la mujer me agarró del brazo, llamó a la puerta de nuestra casa y mi madre abrió. Al ver a la señora Benzen, dio un paso atrás y palideció, la señora Benzen la puso verde por no haber educado a su hija, que era yo, que había entrado sin permiso en su jardín, pisando sus peonías, mi madre se quedó muda. Yo no esperaba que me defendiera, más bien que me regañara, esperaba que me preguntara qué había ocurrido, pero ella no hizo ni lo uno ni lo otro, se quedó muda y aterrada como una niña ante la señora Benzen, y cuando esta se había marchado, a mi madre le temblaban las piernas y se desplomó en una silla. Su atónita boca, ¿qué estaba yo viendo? ¿Mi madre no era fuerte, aunque dentro de mí era poderosa? En un determinado momento tuvo que pasar de asustada y enmudecida a locuaz y charlatana. ¿Cuándo fue eso?

Pero tal vez el miedo y la mudez volvieran al morir mi padre, y por eso no contestó cuando la llamé, me tiene miedo. El teléfono suena, y el pecho de mi madre se encoge pensando que puedo ser yo. Mi madre echa la vista atrás, como se dice que hace la gente mayor, aparece una foto mía, y el corazón le late con fuerza por el miedo. Mi madre ve una noticia en el periódico sobre mi exposición retrospectiva, y la sangre se le hiela en las venas. El miedo hace a la gente inventar cosas, mi madre me inventa en mi ausencia, y me hace peor de lo que soy. Pero es probable que sienta más disgusto que miedo. Sea como sea, seguro que exagero mi importancia. El que mi madre no cogiera el teléfono cuando la llamé no significa que me relacione con una forma de emoción. Lo que ocurre es que simplemente quiere evitar tener contacto conmigo. Seguro que ha aprendido métodos para alejar los recuerdos en donde yo aparezca. Dada la situación, es comprensible, y, sin embargo, resulta extraño. Así son ahora nuestras vidas.

Cuatro de septiembre, son las dos. Desde el taller veo el cielo, muy azul ya, muy alto. También veo el fiordo, el mar de septiembre va del gris metálico al azul metálico, los grandes barcos huelen a petróleo. Si me inclino desde la terraza, veo los enormes arces debajo de mí a ambos lados de la calle, han empezado a amarillear. A cinco kilómetros de aquí vive mi madre, respira mi madre. Si no se ha ido a tierras más cálidas, como hace mucha gente mayor cuando llega el frío. Pero aún no hace frío, tengo la puerta de la terraza abierta hacia el sol, y si mi madre tiene terraza, que seguro que sí, tal vez tenga la puerta abierta como yo, quizá vea el mismo sol que yo, el sol es amarillo y cálido para todos. La leve agudeza en el aire que me dice que ya es otoño se nota fresca en la cara, el otoño es una buena época, en el otoño empieza el nuevo año escolar, hojas blancas, etc. Mi madre seguramente no se irá al sur de Europa hasta noviembre. En estos días, en este momento, estará planificando el viaje, sentada a la mesa de la cocina con su amiga Rigmor, en la calle Arne Brun, 22, que me resulta difícil de imaginar, estudiando los brillantes folletos de las agencias de viajes, *soñando*. Hace ya tiempo que mi madre ha aceptado la pérdida de su hija. Quiere sacar lo mejor de sus años de mayor. ¿Por qué no acepto yo la pérdida de mi madre? ¿Acepto la pérdida de mi madre, pero no acepto que mi madre haya aceptado la pérdida de su hija? Apenas he pensado en eso en treinta años. ¿Es por haber vuelto a casa por lo que la situación parece tan extraña? No al principio, no durante los primeros meses en los que me ocupaba de todas esa cosas tan abrumadoramente prácticas, desembalar, amueblar, frecuentes reuniones de planificación con la comisaria de la exposición, redescubrir poco a poco mi ciudad natal, estaba muy cambiada, mucho más grande, eso me gustaba, pero cuando acabé todo aquello, y la idea era que me pusiera a trabajar, cuando el invierno estaba llegando a su fin y me sentaba en la terraza a mirar el mar y los ferris que llegaban temprano por la mañana... ¿Es porque estoy a punto de entrar en la edad de la reflexión, porque ya no miro solo hacia delante, sino también hacia atrás? ¿Porque ya tengo nietos? ¿Es una forma de sentimentalismo, es ese «ya nunca más» con lo que me resulta difícil reconciliarme?

Llamé por teléfono a mi madre, no lo cogió.

Ruth opina que a nuestra madre no le hace bien hablar conmigo. Mi madre no puede más. En realidad, no ha podido con nada de lo que ha pasado, mi repentino viaje, mi trabajo, que la «puso en ridículo», el que yo no volviera a casa en los tiempos difíciles, al entierro de mi padre. Mi madre por fin lo ha superado, y un nuevo contacto conmigo podría volver a abrir las heridas. Lo entiendo.

Pero si mi enfado por haber sido rechazada y tachada de oveja negra de la familia ya ha dejado de quemarme, también podría haber dejado de quemar a mi madre su decepción conmigo. Ruth no quiere correr el riesgo. El peligro de que nuestra madre se desespere y se inquiete tras una conversación conmigo es inminente, y eso es lo que Ruth quiere evitar. Es comprensible, es ella la que tiene que ocuparse de nuestra madre cuando sufre, pero quizá yo desee que sufra, que me eche de menos y se pregunte cómo estoy, y luego proyecto ese deseo dentro de ella. Probablemente sea así, porque mi madre siempre ha tenido una gran capacidad para quitarse de encima cualquier malestar, una capacidad esencial que sigue siendo grande, estoy segura de ello, porque aunque no he tenido contacto con ella en treinta años, sí tuve un contacto decisivo con ella de veintimuchos años antes de eso, y esos años han dejado sus quemaduras, no se puede minimizar lo que viví entonces, sobre todo los primeros años, la verdadera esencia de mi madre, antes de que ella aprendiera a esconderse. Aunque las dos hayamos cambiado durante los siguientes treinta años distanciadas, no se puede esperar que la vivencia que una niña tiene de su madre de la infancia cambie como consecuencia de ello.

Solo mediante un contacto regular o frecuente la imagen de la madre de la infancia puede cambiar. Estoy segura de que mi hermana ha cambiado la imagen de nuestra madre de la infancia como consecuencia de su constante trato con ella. Esa es la ventaja de un contacto constante, lo doloroso se va neutralizando lentamente. Pero puede tener un precio. ¿Cuál?

Podría acercarme en coche a la calle Arne Brun, 22, y ver dónde vive.

No se me ocurriría.

Estaba en el taller apretando un tubo de pintura verde esmeralda cuando me vino a la memoria el camino del colegio en los tiempos en que mi madre y yo lo recorríamos juntas. Era un soleado día de abril, el cielo estaba alto, y los brotes de las hojas de los grandes abedules brillaban de color verde pálido en el aire fresco, yo llevaba un jersey nuevo, era verde. Habría estado contenta de no ser por el miedo de mi madre. Íbamos a una reunión de padres con la profesora, y mi madre tenía el mismo miedo a la severa señorita Bye que a la señora Benzen, temía que la señorita Bye se mostrara tan desesperada conmigo como la señora Benzen, y, en consecuencia, con ella como educadora, temía que la señorita Bye pensara que ella descuidaba su tarea más importante, la de ser madre. De nada servía que mi padre se encontrara en un bufete de abogados cuando no estaba físicamente presente, mi madre se mostraba indefensa. Yo lo intuía, y temblaba por mi madre y por mí, sus pasos se ralentizaban conforme nos acercábamos al edificio, pero no estaría bien llegar tarde. Al llegar a la verja del colegio, se detuvo, se volvió hacia mí y me preguntó: No has hecho nada malo, ¿verdad? Yo creía que no, pero no podía estar del todo segura. A veces tenía malos pensamientos sobre la señorita Bye, pero nadie podía saberlo, ¿no? Negué despacio con la cabeza y seguimos andando, encontramos la puerta correcta y el brazo de *cardigan* de mi madre llamó. La señorita Bye nos dijo que pasáramos, mi madre abrió la puerta, la señorita Bye estaba sentada en su mesa, delante había dos sillas en las que nos sentamos, y mi madre se hundió en una de ellas. La señorita Bye miraba sus papeles, mi madre se miraba las manos, la señorita Bye dijo «señora Hauk», y mi madre levantó la cara con los ojos brillantes, tendría entonces unos veintitantos años. La señorita Bye dijo que yo podía mejorar en matemáticas, mi madre asintió con la cabeza y miró al suelo. Pero leía y deletreaba muy bien, dijo, y sobre todo se me daba estupendamente la caligrafía, mi madre seguía con la mirada baja. La señorita Bye buscó mi cuaderno, hojeó hasta la letra *æ* y se lo enseñó, mi madre levantó la mirada. Y mire esto, añadió la señorita Bye, y buscó la página en la que yo había dibujado bordes, mi madre miró el cuaderno y luego me miró a mí. Johanna tiene talento para el dibujo, dijo la señorita Bye, y el director quiere que dibuje la invitación del colegio para el Diecisiete de Mayo este año. ¿Quieres hacerlo? La señorita Bye me miró con algo parecido a una sincera admiración. Yo asentí con la cabeza, religiosamente. El director se pondrá muy contento, dijo la señorita Bye. A continuación, se levantó y tendió la mano a mi madre, que la estrechó e hizo una reverencia, todo había acabado, el peligro había pasado. Fuera, en el pasillo, mi madre respiró aliviada, se inclinó hacia mí y me abrazó, susurrando: Era lo que yo decía.

¿Qué decía ella y a quién? A mí nunca me había dicho nada sobre caligrafía, bordes ni Diecisiete de Mayo, pero no importaba, el camino hasta casa fue fácil de andar. Entramos en la pastelería de la plaza de Dahl y nos comimos un trozo de tarta de crema cada una, mi madre repitió dos veces lo del talento y la invitación del Diecisiete de Mayo, ¡yo me sentía feliz! «Era lo que yo decía». Esperaba con ilusión que mi madre se lo contara a mi padre, pero mi padre no vino a casa ese día, estaba en Londres. Por la noche, cuando me fui a dormir, lo entendí. Mi madre le había dicho a mi padre que se me daba bien el dibujo, pero mi padre no estaba de acuerdo. El corazón se me hinchaba cuando pensaba que mi madre decía cosas bonitas de mí a mi padre, cosas en las que mi padre no creía, pero que eran ciertas.

¿Cuándo acabó eso? ¿A partir de cuándo mi madre fue totalmente de mi padre?

No tengo ni idea de si el carácter de mi madre sigue siendo alegre, pero sospecho que sí, porque así es en esencia su carácter, alegre, creo. Probablemente ha conseguido apartar el dolor y las pérdidas, un arte que dominaba a la perfección cuando yo tenía relación con ella, si no ha quedado como un sueño del pasado. Espero que conserve su carácter alegre. Mi madre era miedosa, infantil, imprevisible y por tanto tenebrosa, pero no *pesada*. Mi madre andaba por el mundo con una ligereza elemental. Mi madre solía gustar a los demás, creo, a los que no eran sus hijas, seguramente resultaba fácil estar con mi madre para todos menos para mí, pero ella no se relacionaba mucho con los demás, el mundo exterior de las madres no era grande en los tiempos en los que yo era una niña, la casa, el jardín, el vecindario, la tienda, pero mi madre contaba con gracia cosas que habían ocurrido en la tienda. Yo admiraba, a la vez que me irritaba, la ligereza de mi madre, su capacidad para quitarse de encima todo lo que era incómodo, para no entrar en ello, para centrarse en otra cosa, un nuevo vestido, *carpe diem*, etc., solo que no formulado de esa manera. Esa capacidad tenía que ser una gran suerte para ella y para mi padre, quizá también para mí, porque cómo habría sido todo si mi madre hubiera entrado en lo desagradable y difícil con toda su energía, entonces mi niñez habría sido diferente, tal vez más difícil. No, no bromeo con la ligereza de mi madre, me la tomo en serio, y no puedo sino creer que sigue siendo ligera y fuerte. Pero Ruth no sabe lo fuerte que es nuestra madre o no quiere saberlo, porque si ella es fuerte, la fuerza de Ruth es menos significativa. O nuestra madre no enseña su fuerza a Ruth, porque se nutre de los cuidados de su hija, se hacen creer la una a la otra que nuestra madre no aguanta tener contacto conmigo.

Me imagino a Ruth llamando a la puerta de nuestra madre, y a nuestra madre abriéndole y contándole algo sarcástico pero divertido sobre Rigmor, que le hace reír. Puede que sea divertido ir a ver a nuestra madre. Pero también es fácil imaginarse que resulte pesado, porque, aunque podía ser ligera, se compadecía a menudo de ella misma, lo que seguramente sigue haciendo. Alguna que otra vez, en medio de toda esa autocompasión, mi madre se reía de su actitud autocompasiva, y cuando mostraba autoironía, eran momentos liberadores. Noto un agradable calor al pensarlo. Pero me imagino que ahora mi madre rara vez muestra autoironía. ¿Porque es vieja y necesita ayuda, y no tiene ya ese exceso que exige la autoironía, y porque se siente traicionada y difamada por mí? Quizá sea justo al revés, tal vez se sienta ahora más aliviada, porque ya no tiene que relacionarse conmigo. No creo. Creo que debe de ser pesado ir a ver a nuestra madre tan a menudo como lo hace Ruth. Y seguro que nuestra madre quiere que Ruth se quede más tiempo de lo que puede y le apetece, y mostrará su decepción cuando Ruth se disponga a marcharse. Porque, a pesar de la aparente ligereza de mi madre, o, debido a ella, a esa inmediatez que supone la ligereza, en la época en que tenía relación con ella, mi madre podía expresar una profunda decepción. Se sentía a menudo decepcionada por las personas, sobre todo por mí. Por regla general, se sentía decepcionada por la gente con la que acababa de estar, al volver de una cita con Rigmor u otras personas, desesperada por lo que habían dicho, pero de un modo ligero y divertido, la gente era muy tonta. Después de ir a ver a Ruth a su piso de estudiantes, mi madre volvía a casa decepcionada por la gente con la que vivía su hija, decepcionada por su novio, que siempre quería destacar, un sabelotodo. Mi madre era una persona decepcionada, de un modo contagioso y entregado. Quizá a Ruth le haga ilusión ir a ver a nuestra madre, porque le resulta divertido escuchar lo decepcionada que está con Rigmor o conmigo, si es que soy yo el tema de conversación, seguramente no. Pero quizá le espante la idea de ir a ver a nuestra madre porque sabe que se pone muy triste cuando su hija tiene que marcharse, lo que lógicamente es necesario, el deseo secreto de nuestra madre es que Ruth abandone al sabelotodo que se convirtió en su marido y que según las páginas amarillas lo sigue siendo, pero eso Ruth no quiere ni puede hacerlo. A pesar de todo, tal vez Ruth tenga una relación ambivalente con nuestra madre, no me extrañaría, pero Ruth no debe hacer caso a esa ambivalencia, porque ya quedan solo las dos. Quizá Ruth vaya a ver a nuestra madre más por obligación que por otro motivo, y quizá exista también otra posibilidad, Ruth no va a ver a nuestra madre. ¿Acaso Ruth se ha librado de ella como yo hice entonces? No, eso es imposible. Ruth nunca ha sentido esa gran ambivalencia que yo sentía, porque Ruth sí quería, al menos esa era la impresión que daba, lo que nuestros padres querían para ella, Ruth no se opuso, no se marchó, atendió a nuestro padre cuando cayó enfermo y ayudó a organizar su entierro, y estuvo al lado de nuestra madre durante su duelo. Pero eso no significa que Ruth no haya tenido sus razones para alejarse, ¿qué sabía yo de lo que había ocurrido entre ellas desde que murió nuestro padre, o antes? Pero si mi hermana quería librarse de nuestra madre, el hecho de que yo hubiera abandonado la familia se lo ponía más difícil. Nuestra madre se quedaría completamente sola. Por esa razón, Ruth había optado, consciente o inconscientemente, por condenarme a mí y desaprobar mi emancipación, por estar de acuerdo con nuestra madre en que yo era una traidora, por aliarse con ella y permanecer a su lado, no tenía elección.

Llego, pues, a la conclusión de que Ruth no ha roto la relación con nuestra madre, ellas se tienen la una a la otra, son íntimas, porque si Ruth hubiese roto la relación con nuestra madre, nuestra madre habría cogido el teléfono cuando la llamé.

No sé nada de la vida de mi madre. Sé dónde vive, pero soy incapaz de imaginármela en esas estancias. Antes de que mi padre muriera, era capaz de imaginármelos en las habitaciones en las que vivían, porque yo había vivido en esa casa, y cuando me fui a vivir al piso que mi padre había comprado cerca de la universidad, iba a ver con regularidad a mis padres, como suelen hacer los estudiantes. Por regla general, comía con ellos los domingos y celebraba en su casa las Navidades, dónde, si no, iba a hacerlo. Y cuando empecé a salir con Thorleif, iba a menudo a su casa, porque Thorleif y mi padre se llevaban muy bien, y Thorleif le pedía consejos sobre asuntos jurídicos. Me resultaba fácil imaginármelos allí, pero no lo hacía, no evocaba su imagen delante de la pantalla del televisor o en la hamaca de la terraza. Pero *si* se me ocurría pensar en ellos, las habitaciones aparecían automáticamente, como contexto. Ahora me resulta más difícil imaginarme a mi madre. Y lo intento a menudo. Será porque vivo en la ciudad de mi niñez. Cuando la busco en las páginas amarillas, me sale un edificio de ladrillo rojo, al parecer de principios del siglo pasado. No sé más. No sé lo que ve desde sus ventanas. Ahora vive sola, creo. No puedo saberlo. Tal vez tenga un nuevo novio, a veces les pasa a las personas mayores, pero no creo que sea el caso de mi madre. ¿Por qué no? No es típico de ella. ¿Y qué es típico de ella? Pero sobre todo porque si mi madre tuviera un nuevo novio, yo no habría significado tanto como para obligarla a ser tan fiel a sus principios sobre mí, y *no* coger el teléfono. La fidelidad de mi madre y de Ruth a sus principios, su *dureza* conmigo, es algo que ellas quieren *hacerme ver,* lo que demuestra que sí les importa lo que pienso y siento. Pero quizá exagero mi importancia, quizá simplemente es pura indiferencia lo que le hace a mi madre no coger el teléfono cuando la llamo, y ya he llamado unas cuantas veces. Si le fuera indiferente, lo habría cogido, aunque solo hubiera sido por curiosidad. La fidelidad de mi madre a sus principios tiene que estar relacionada con su obstinación, por no decir un odio que solo se puede sentir hacia una persona que significa mucho para uno, que lo llena de una u otra manera. No creo que mi madre tenga otro novio, Ruth y la familia de Ruth es lo más importante para mi madre ahora. Ruth tiene cuatro hijos, me lo ha dicho Mina. Ruth jamás me ha escrito una palabra sobre sus hijos, lo poco que me escribía era sobre nuestros padres y probablemente por iniciativa suya. Con el tiempo, Ruth y su familia han ido ocupando cada vez más espacio en la vida de mi madre, y mi ausencia cada vez menos, lo cual es bueno para todos. Me imagino que el resto del mundo no le interesa a mi madre. Así era cuando yo tenía trato con ella, aunque mucho puede haber sucedido desde entonces, pero no, mi madre pertenece al mundo pequeño, ¿y no es ese el caso de todos nosotros?

¿Qué aspecto tiene mi madre hoy? Treinta años más que la última vez, ¿cuándo fue? ¿En la primavera de 1990, Semana Santa, en las montañas de Rondane? Tal vez, pero no consigo evocar ninguna imagen, quizá ya me había despedido mentalmente. Ruth y Reidar se habían casado el año anterior, recuerdo lo que me puse para la boda, la iglesia, dónde se sirvió la comida, pero soy incapaz de evocar una imagen de mi padre o de mi madre. Sí que soy capaz de evocar el perfume de ella, siempre el mismo, he pensado en entrar en una perfumería y olerlo, pero no recuerdo ni el nombre ni cómo era el frasco. Sí que soy capaz de evocar su manera de andar, ligeramente febril, su figura y las manos con los anillos, siempre los mismos en la época en que tenía trato con ella. Ruth puede evocar en cualquier momento a nuestra madre con el aspecto que tiene ahora, Ruth sabe si sigue llevando ese gran anillo de oro con una piedra roja en la mano derecha, mi madre se ha desvanecido, mi madre se ha convertido en tierra desconocida, pertenece a un pasado mítico, no soy capaz de verla como la ve Ruth, con un cuerpo que tiene fecha de caducidad.

¿Cómo reaccionaría si me enterara de que mi madre ha muerto o se está muriendo? Si mi hermana llama y dice: Nuestra madre ha muerto. O: Nuestra madre se está muriendo. Pero no va a llamar, no tiene una voz con la que dirigirse a mí. Ha decidido no hablarme nunca más, y es de esas personas que cumplen su palabra. Si recibe una información que está *obligada* a transmitirme, buscará a otra persona para que me llame, un abogado, un portavoz de la familia. ¿Cómo reaccionará mi madre si se entera de que se está muriendo, ella que siempre ha vivido hacia el exterior? ¿Qué clase de imágenes y recuerdos la asaltarán? Mi madre bajo un edredón consciente de que se está muriendo, que pronto todo será oscuridad, rage, rage against the dying of the light, no me cuesta imaginármela furiosa, protestando, en absoluto harta de vivir, do not go gentle into that good night, y me imagino que en un momento como ese aflora su particular fuerza vital, y se hace poderosa justo cuando se va a extinguir. Me imagino su muerte adelantándosela, ya que no formaré parte de ella, porque mi madre no querrá tenerme allí. No me llamarán, y si alguien sugiriera que se me llamara, ella se opondría, rage, rage, against, para ella yo pertenezco a algo desagradable del pasado, ya dejado atrás. Y si un recuerdo mío la asaltara y deseara verme, no lo diría, por Ruth. Y si, contra todo pronóstico, fuera lo suficientemente fuerte como para expresar tal deseo a pesar de Ruth, Ruth haría todo lo posible para que no se cumpliera, porque no estaría segura de mí. Toda esa situación, ya en sí vulnerable, sería imprevisible y podría acabar en algo espantoso. Mi presencia podría trastornar a mi madre, y Ruth no puede enviar a su madre a la muerte trastornada, nadie le desea algo así a una moribunda.

Ambas se encuentran a tanta distancia que soy incapaz de verlas, para compensarlo, coloco un par de fantasmas en el lugar en el que me imagino que están, eso es lo inquietante.

¿Y si fuera a la calle Arne Brun, 22, y llamara a la puerta?

Me pongo lívida solo de pensarlo.

Cada una nos hemos convertido en la señora Benzen de la otra.

El otro día, fui a la peluquería a cortarme el pelo y me senté al lado de una señora mayor que hablaba en voz muy alta con la peluquera que le estaba poniendo los rulos. Me acordé de mi madre un día que venía de la peluquería por la calle Trasopp, con su largo pelo cobrizo recogido, era sábado y tenían una cena en casa con los contactos comerciales de mi padre y sus esposas, mi madre estaba inusualmente guapa e inaccesiblemente pálida, con sus minúsculas pecas en la nariz, como un sembrado de canela sobre el café capuchino. La señora mayor de mi lado tal vez había sido pálida en algún momento del pasado, ahora tenía la piel áspera y con manchas, y el pelo ralo, casi no se le podían poner los rulos, yo esperaba que la piel y el pelo de mi madre no se encontraran en el mismo estado que los de aquella mujer. Se quejaba de que las aceras estaban resbaladizas por las hojas que caían de los árboles, tenía miedo de caerse y romperse la cadera. Si te rompes la cadera, mala cosa, dijo, muchas muertes empiezan con una rotura de la cadera. La mayor parte de la gente quiere vivir el máximo tiempo posible. ¿Se había roto mi madre la cadera? La mujer dijo que había nacido en Fredrikstad. Su padre era herrero en el taller mecánico de Fredrikstad en los tiempos en que a veces el humo de las fábricas se posaba tan bajo en los fríos días de invierno que no se podía ver ni la casa de al lado. Sonó el sencillo teléfono móvil en la mesa delante de ella, y miró con miedo la pantalla, lo descolgó como si hubiera una autoridad al otro lado. Sí, dijo, sí, se había acordado. Me he acordado, dijo tres veces, cada vez más despacio, mientras su cara parecía ya dudar si se había acordado o no. Colgó el teléfono con aire de preocupación, diciendo que era su hija. Qué suerte tener una hija que te quiere, dijo la peluquera. Quizá, dijo la anciana, y las dos se quedaron calladas. En Fredrikstad, dijo, mientras la peluquera seguía atenta, se lo enseñan en la Escuela de Peluquería, en Fredrikstad, cuando yo era pequeña, la sirena de la fábrica sonaba por la mañana, los obreros iban corriendo a la puerta, y las madres tenían que preparar los bocadillos para maridos e hijos, ellos eran siete. Su madre se encargaba de que los siete tuvieran ropa limpia y buenos bocadillos, aunque su padre no ganaba mucho dinero como herrero en el taller. Su madre era muy hábil preparando bocadillos, a menudo había sorpresas en el paquete, dijo la mujer, contenta de poder contárselo a alguien que no lo había oído nunca, alguien a quien tal vez le interesara su infancia en Fredrikstad, que, por lo que pude entender, ya no le interesaba a su hija, habría oído hasta la saciedad lo de los bocadillos, a veces había en ellos un terrón de azúcar, eso era antes de que se supiera que el azúcar no era bueno para los dientes. Su madre era una persona extraordinaria, dijo. Me pregunté si mi madre había empezado a hablar de esa manera —tan típica de la gente mayor—, frases formadas hace mucho tiempo y desde entonces solo repetidas. En ese caso supondría un gran cambio de cómo yo recordaba que hablaba mi madre. Siempre había hablado de un modo febril, como si estuviera nerviosa, molesta. ¿De un carácter ligero en la superficie y en el fondo atormentada? Pero quizá mi madre hable ahora como habla mucha gente mayor, balbuceando y despacio, pidiendo perdón, avergonzada por su lentitud, duele pensar en ello, me dan pena los viejos.

Mi madre va a la peluquería. Sí. Mi madre daba mucha importancia a su aseo, eso no ha cambiado. Sería muy triste que mi madre se hubiera vuelto desaliñada y descuidada, pero mi hermana se ocupa de que eso no ocurra. Si mi madre no pide hora en la peluquería, lo hace Ruth. No me imagino a mi madre tan lenta de movimientos y hablando como la señora mayor que estaba sentada a mi lado, pero algo les pasa incluso a los más ágiles cuando rondan los ochenta y cinco, me ha dicho Mina, que trabaja con mayores. Creo que mi madre ronda los ochenta y cinco justo en estos días. Seguramente va siempre a la misma peluquería, pide hora en el mismo sitio, a la gente mayor no le gustan los cambios, también yo voy siempre a la misma peluquería, pero como soy nueva en la ciudad, se trata de un contacto reciente. No le he contado a la peluquera que llevo treinta años sin ver a mi madre, aunque vivimos en la misma ciudad. Esas cosas no se cuentan. Esas cosas no se pueden explicar en un minuto. ¿De qué habla mi madre con la peluquera? ¿De su infancia en Hamar? No habla de mí. Es como si yo no existiera. Qué dice mi madre cuando le preguntan por sus hijos y nietos, como suelen hacer las peluqueras, sobre todo a las clientas mayores, es algo que les enseñan en la Escuela de Peluquería. Pero seguramente también les enseñan que la familia es un tema delicado, que hay muchos casos tristes, complicados y desagradables, más vale ser prudente. Ir a la peluquería debe ser una bonita experiencia, la clienta paga también por una forma de atenciones, la peluquera entra en estrecho contacto con sus clientas, y el toque de sus manos no se puede comparar con el del médico, porque cuando vas a la consulta de un médico sueles estar preocupada o nerviosa. La peluquera pone las manos en los hombros de su clienta y se encuentra con su mirada en el espejo: Está muy guapa.

Si la peluquera le pregunta a mi madre de un modo discreto por su familia, ella contesta que tiene una hija que a su vez tiene cuatro hijos. Los cuatro hijos de Ruth son ya adultos, han hecho carreras interesantes y tienen novios de los que mi madre puede hablar. Nadie sospecha que haya omitido a alguien, eso se ha convertido en una costumbre. Mi madre ya no nota ningún pinchazo en el corazón, como en los primeros años en que no había que mencionar a la hija mayor.

Tal vez mi madre haya empezado a hablar de esa madre suya que murió tan pronto, a la que no conocí, y de la que nunca hablaba, y que seguramente era una persona excepcional.

Si pidiera hora en la peluquería de mi madre, en teoría sería posible. Y como el otro día, tendría los ojos clavados en un periódico, mientras en realidad estaría escuchando a mi madre hablar a la peluquera de sus nietos, cuyos nombres desconozco. ¿Y si se pusiera a hablar de que no tenía contacto con su hija mayor, porque precisamente la peluquería puede ser un lugar añorado para esa clase de confesiones? Mi madre no puede hablar de mí con Ruth. Hace ya muchos años que Ruth se cansó de oír hablar de mí, que mi madre dejó de mencionarme ante Ruth, quien seguramente decía: «No te hace ningún bien pensar en ella». Mi madre tampoco hablaría de mí con su hermano mayor, que, según las páginas amarillas, vive con su mujer en Tranbygd, porque si mi madre le hubiese contado que yo la había llamado y ella no había cogido el teléfono, él tal vez habría insinuado que debería haberlo cogido. Pero la peluquera no hace eso, porque su misión es ser educada y comprensiva, diga lo que diga la clienta, quizá la peluquería es el único sitio donde mi madre puede hablar de mí sin peligro. ¿Qué dice mi madre de mí a la peluquera? ¿Debería averiguar a qué peluquería va, y pedir hora?

En la casa en la que me crie y en la casa a la que nos mudamos cuando yo era adolescente, había varias fotos de Ruth y mías en el gran escritorio antiguo del salón. Fotos en blanco y negro hechas por un fotógrafo profesional cuando teníamos tres años. Llevábamos lazos en el pelo para mantener recogido el flequillo. Luego estaban las fotos de la confirmación y las de las bodas, primero Thorleif y yo delante de la antigua iglesia de piedra, luego Ruth y Reidar delante de la misma iglesia, el verano antes de que yo me marchara.

¿Quitaron entonces mis padres mis fotos? Probablemente no. Habría causado una extraña impresión, drástica y melodramática, a la gente que visitaba la casa con regularidad, y, además, todo el mundo pensaba que volvería pronto. Estaba atravesando una crisis, y me había perdido, pero pronto volvería en mí y encontraría el camino de vuelta a casa, supongo que eso esperaban, tal vez todos menos Ruth. Y si volvía en mí por mi cuenta, ese dudoso M me abandonaría pronto, y yo me presentaría arrepentida y necesitada ante la puerta del hogar de mi infancia. No, supongo que mis fotos seguirían expuestas algún tiempo, pero cuando mi padre murió, hace catorce años, y mi madre se mudó a un nuevo piso, las fotos no iban incluidas en la mudanza.

Estaba sentada en la estación de ferrocarril de Borg tras una reunión con la comisaria de la exposición, cuando una señora mayor subía por la escalera. Andaba con pasos pesados, agarrada a la barandilla para no caerse y romperse la cadera. Ya arriba, se puso a hurgar en el bolso, y cayó de él un pañuelo, se agachó con dificultad para cogerlo, siguió rebuscando en el bolso y encontró lo que buscaba, un trozo de papel, lo miró con los ojos entornados, volvió a buscar en el bolso, encontró las gafas, las sacó del estuche y se las puso, el estuche se le cayó, miró fijamente el trozo de papel, y sacudió la cabeza. Echó un vistazo a su alrededor, yo era la única persona en todo el andén, vino hacia mí tambaleándose, me alcanzó el papelito y me preguntó qué tren tenía que coger. Yo, por mi parte, tuve que sacar las gafas del bolso para poder leerlo, era el nombre de un consultorio médico. Le pregunté si había estado allí antes, sacudió la cabeza señalando su oído, quizá necesite un audífono, dijo en una voz tan alta que me hizo pensar que sí que lo necesitaba. ¿No tenía a nadie que pudiera acompañarla? El médico está en Broholmen, dijo, está usted en el andén correcto, dije, debe coger esa dirección, dije, por suerte la contraria a la mía, ahí llegaba el tren. Su tren, dije, cogí el estuche del suelo y se lo di, el tren se paró y ella consiguió entrar, dos estaciones, dije, ella asintió con la cabeza, concentrada, y repitió: ¡Dos estaciones! La mujer no tenía hijos, o estaba enemistada con ellos.

Ruth acompaña a nuestra madre al médico. O lo hacen sus hijos adultos, seguro que quieren a su abuela. Por la noche soñé con la mujer del andén, la coloqué en un tren equivocado y ella lo siguió hasta la última estación, quieta como una muerta, con el pelo ralo y las mejillas huecas, tan encorvada que nadie la vio, el conductor se bajó y desapareció en la noche, y ella se quedó sola e indefensa: ¡Mamá!

¿Me imagino a mi madre confundida y abandonada en una estación de tren para torturarme? Mi madre tiene a Ruth y a su numerosa familia. Supongo que Ruth aún trabaja, pero no con la misma ambición que antes, y que ahora tiene tiempo para ayudar a nuestra madre. Por cierto, creo que ella nunca ha sido ambiciosa, ¿por qué? No la conozco, ella solo tenía veintipocos años cuando me marché, pero supongo que me habría enterado si hubiese destacado de alguna manera en su profesión, no encuentro nada en Internet. Me lo imagino porque ella nunca protestaba ante mis padres ni daba nunca la impresión de estar descontenta con las decisiones que ellos tomaban, fuera lo que fuera parecía estar siempre a gusto, o hacer como si lo estuviera, con sus reglas y queriendo vivir como vivían ellos. ¿Pero estar de acuerdo con las reglas impuestas por los padres es incompatible con hacer una buena carrera profesional? Al contrario, mucha gente de éxito sigue en todo las reglas de la familia y de la sociedad, y por eso tiene éxito. Invento a Ruth sin ambiciones, porque quiero que tenga tiempo para ocuparse de nuestra madre, y no sentirme culpable por haberme marchado, dejando a mis padres en sus manos, para que no tenga ganas de marcharse o romper la relación con ellos, porque alguien tiene que acompañar a nuestra madre al médico, y cada vez más a menudo, porque se está haciendo mayor. Y Ruth se está haciendo mayor de la misma manera que yo me estoy haciendo mayor, al igual que todos los seres de este mundo se hacen mayores año tras año.

Puedo pintar a una hija que se hace mayor y acompaña a su anciana madre al médico, *Hija y madre 3.* Entro en el taller y coloco un lienzo, lo miro, un lienzo que blanquear, salgo de nuevo. Es domingo, llamo a John.

No sé en qué trabaja Ruth, lo he buscado en Google, pero no lo he encontrado. Estaba estudiando Económicas cuando yo me marché, muchas empresas e instituciones necesitan especialistas en economía. Me imagino que lleva una vida ordenada, que no viaja mucho por trabajo con sus cuatro hijos y nuestra madre. Hace unos años me encontré en Heathrow con una amiga suya de la infancia, estaba tomando un café cuando una mujer se acercó y me preguntó si yo era Johanna, la hermana de Ruth. Me sonrojé. Cuando dijo su nombre, Regina Madsen, vislumbré la cara de niña detrás de la que ahora era la de una adulta entrada en años. Vivía justo enfrente de nosotros, era una de las que tenían miedo a la señora Benzen. No podía huir de la situación, que era lo que habría deseado, me encontraba frente a una persona que tenía respuestas a muchas de mis preguntas sobre la familia, y no podía hacerlas. Me parecía indecente mostrar interés cuando aparentemente no me había importado nada durante todos estos años. Ella pareció entenderlo, entender que yo no sabía nada de la vida actual de Ruth, y que me resultaría incómodo preguntar. Sin que yo se lo pidiera, contó que Ruth, Reidar y sus hijos estaban bien, que los cuatro se habían ido ya de casa. Daba la casualidad de que acababa de hablar con Ruth, porque Randi, la hija de Ruth, vivía en Londres, ¡y Regina Madsen había comido con ella justo ese día! Me contó ese tipo de cosas, pero nada más, medía las palabras, decir demasiado podía suponer traicionar a Ruth. Me hizo algunas preguntas igual de comedida, qué edad tenía mi hijo, sabía que yo tenía un hijo. Cuando le dije que él era viola, se sorprendió, dijo algo sobre de tal palo tal astilla y se calló, pero yo noté que tenía ganas de preguntarme más cosas, que si hubiera sido por ella habría preguntado un montón, pero que mostrar curiosidad sería admitir que a Ruth le importaba.

Tenía seis años cuando nació mi hermana. Apenas la recuerdo de la infancia. Estaba ahí, pero como de fondo, en brazos de mi madre o de mi padre. Nunca fuimos al mismo colegio, me cuesta evocar imágenes de las dos, ni siquiera de los largos veranos en la cabaña de las montañas de Rondane. Cuando pienso en ellos, recuerdo las ovejas y el zorro mejor que a ella, a ella la veo como en una especie de vaga periferia. A lo mejor no es extraño por la diferencia de edad, eso espero. ¿Yo me pasaba el tiempo con los gemelos de la cabaña en el otro lado del lago, mientras ella estaba sola con nuestros padres? No me acuerdo. ¿Regina Madsen le contó a Ruth que se había encontrado conmigo en Heathrow? Seguramente. Y que John era viola, y seguro que Ruth se sorprendió, pero, de cualquier forma, no se enteró de lo que más le interesaba saber, y sobre lo que Regina no pudo decirle nada, cómo llevaba yo *la situación*.

Ruth tiene número secreto para que no la llame. Está enfadada conmigo porque después de que me marchara no pudo aceptar un trabajo que implicara muchos viajes y desplazamientos. Tal vez recibiera una interesante oferta de trabajo en Londres, que rechazó debido a nuestros padres. Ruth había visto limitada su vida por culpa de mis actos, y después de morir nuestro padre, nuestra madre dependía de ella. Mi madre no conducía cuando yo tenía relación con ella, siempre había sido una persona muy poco práctica, necesitaba ayuda para casi todo, y no era de esa clase de personas que vacilan antes de pedirla, al contrario, opinaba que tenía todo el derecho a ello, después de hacerse cargo de todos los gastos de Ruth en su infancia, no recuerdo a cuántas actividades extraescolares asistía. Pero quizá la ayude su hermano mayor, Tor, que según las páginas amarillas está vivo y vive con una tal Toril Gran. No, viven a doscientos kilómetros, en Tranbygd y tendrán de sobra con sus propios problemas. Mi madre se resiste a pedir ayuda a Tor, nunca tuvieron mucha relación, es sobre todo de sus hijas de las que se muestra tremendamente necesitada, es decir, de Ruth. Pero mi madre habla con Tor por teléfono y así disfruta de él, la gente mayor habla mucho por teléfono con otros supervivientes. Pero quizá estén enemistados, hay hermanos que lo están. Y seguro que ve a su prima de Hamar, Grethe, con la que se crio, cuyo marido murió hace tanto que a mi madre no le costó llamarme para decírmelo. Yo estaba sentada en un banco junto al río, sonó el teléfono, vi que era un número noruego, lo reconocí y se me aceleró el pulso, cogí el teléfono pensando que mi madre llamaba ilegalmente sin que lo supieran ni mi padre ni Ruth. Puso un tono de voz triste y dijo que había muerto Halvor. Yo no recordaba quién era Halvor, el marido de mi prima Grethe, dijo, pregunté cómo había sido, un ataque cardiaco. Se hizo el silencio, luego dijo que Ruth estaba embarazada. Qué bien, dije. Ruth estaba de siete meses de un niño que se llamaría Rolf, como nuestro padre, los nombres de todos sus hijos empezarían por R. Ruth y Reidar se habían comprado una casa no muy lejos de la de nuestros padres, se veían varias veces por semana. Yo me encontraba en un lugar lejano y vacío. Mi madre no preguntó por John.

Podría ir a la calle Arne Brun, 22, y encontrarme allí con ella, pero sería incómodo para mi madre al no estar preparada, y también lo sería para mí.

Según las páginas amarillas, la prima de mi madre, Grethe, vive tan cerca de ella que puede ir a su casa andando. Seguro que se ven a menudo. Cogerán el metro hasta Vassbuseter y darán paseos por esas zonas boscosas a las que yo no me acerco por miedo a encontrármelas. Para compensar, me he buscado mi propio bosque, me he alquilado una pequeña cabaña de leñadores en Bumarken, donde no me encuentro con nadie. Para llegar, tengo que andar veinte minutos desde donde dejo el coche, y hasta ahora no me he encontrado más que con un alce. Allí trabajo pintando árboles. Mi madre y Grethe van andando desde Vassbuseter a Groleitet a tomar cacao, ya no les preocupa su figura. Pero tal vez estén enemistadas, a las primas les ocurre a veces, incluso siendo mayores. Mi madre y Grethe van andando desde Vassbuseter a Groleitet si no están enemistadas ni necesitan llevar andador. Antes o después llega el andador, envejecemos hacia el andador. La madre de Mina llevó andador el último año de su vida, pero estaba gorda. Espero que mi madre no esté gorda. La madre de Mina avanzaba muy despacio con las manos convulsivamente agarradas a la empuñadura y los nudillos blancos, como un insecto herido, la muerte de una polilla, la muerte de una mosca, igual de prosaico. En la cesta de delante llevaba una revista de crucigramas, pañuelos de papel, galletas de gofre y un bote de medicinas, la canosa parte posterior de su cabeza estaba despeinada. Los viejos olvidan peinarse la parte posterior de la cabeza, esas cabezas de la gente mayor me hacen imaginarme sus camas, ¿por qué es esa una visión triste? Un par de veces, cuando era pequeña, peiné el largo pelo color cobrizo de mi madre, era un honor, pero tenebroso. ¿Ruth peina a mi madre, tienen tanta intimidad? ¿Ruth conoce el olor de nuestra madre y le gusta?

He heredado los colores de mi madre. Soy pelirroja y pecosa, y me quejo cuando llueve.

¿Los hijos de Ruth saben de mi existencia? Ella no puede haber dejado de contar que tiene una hermana. Ellos lo saben, pero no preguntan por ella, perciben que es un asunto delicado. ¿Yo, un asunto delicado? Bueno, bueno, a quién le importa una vieja tía. Qué contestan Ruth o nuestra madre si *tienen que* hablar de mí, porque Grethe sin querer menciona mi nombre en el ochenta y cinco cumpleaños de nuestra madre, que se celebra en estos días, y los hijos de Ruth preguntan: ¿Quién es? ¿Qué contestan ellas entonces? Probablemente, la historia sea como sigue: Johanna era una prometedora estudiante de Derecho, casada con un prometedor abogado, Thorleif Rød, pero en la primavera de 1990 hizo un curso nocturno de pintura de acuarelas, se enamoró perdidamente de su profesor americano, Mark algo, y desapareció con él. Cuando vuestro abuelo cayó enfermo, ella no vino ni tampoco acudió a su entierro. Es una vergüenza. Colorín colorado. O así: Desde niña, Johanna era psíquicamente inestable e imprevisible, siempre seguía sus impulsos sin pensar en las consecuencias para los demás y para ella misma. No vino al entierro del abuelo. Es una vergüenza. Colorín colorado. Nada sobre mi arte, que ellas seguramente no consideran arte, sino *vendetta*. Y por eso no se interesan por el arte, no es arte solo porque nadie lo entienda, jajaja. De modo que si los hijos de Ruth no saben mi nuevo apellido, y por qué se lo iba a decir alguien, no encontrarán en Internet nada de lo que se ha escrito sobre mis actividades y mi obra, pero por qué iban a hacerlo.

¿No hay en estas historias algo que no encaja? ¿Actúa así un hijo que ama a sus padres? Sí, algunos hacen ese tipo de cosas sin que tenga nada que ver con los padres, sobre todo hay mujeres jóvenes que se enamoran con tanta pasión de un hombre que dejan todo atrás para irse a vivir con él. Seguramente sea M el que se opone a que Johanna tenga contacto con su familia más cercana, ellas no saben que él ha muerto. Mi madre se lo ha dicho tantas veces a otras personas que ella misma se lo ha creído, ¡pero en ese caso habría cogido el teléfono cuando por fin la llamé! Y no lo hizo. De modo que se trata de mi trabajo, que, tal como lo ven ellas, las deshonra, el tríptico *Hija y madre 1*, en el que la madre está en un rincón, encerrada en lo más profundo de su ser, con ojos negros implorantes, y la hija encogida en el otro rincón, y el que quiere puede ver que la sombra que cae sobre las dos se parece a un hombre con toga. Yo no lo habría pintado si no hubiera vivido en Utah, a ocho mil kilómetros de distancia, por eso me fui a Utah, a ocho mil kilómetros de distancia. Cuando me llegó la invitación para exponer en la ciudad de mi infancia, dije primero que no, pero Mark me persuadió para que aceptara. Los cuadros habían tenido éxito en Alemania, Canadá y Japón, y ninguna persona de las que habían escrito sobre ellos había mencionado que el modelo de la madre del cuadro podía ser la madre de la artista, el motivo era la madre en general, y con la que muchos podían relacionarse, porque cuando creas algo basado en tus propias circunstancias puede llegar a tener repercusión en muchas personas, decía Mark, él no conocía a mis padres. Para ellos, el que vecinos y conocidos *pudieran* considerar los modelos como un saludo de la hija al otro lado del océano, era en sí una traición. Que yo los hubiera pintado sin pensar: ¿Cómo vivirán esto mis padres? Esa pregunta que todo hijo debe hacerse antes de actuar. De esa manera que mi padre consultaba todo el tiempo la profunda voz de mi abuela paterna, Margrethe Hauk, antes de tomar decisiones. Mi padre se encargó de seguir el mandamiento de la Biblia, mientras que yo me tomé la libertad y la caradura de no obedecer la voz de mis padres dentro de mí. En su problema de cálculo no entraba preguntar si pintar esos cuadros era necesario para mi supervivencia.

Pero lo peor de todo, mi padre murió y yo no aparecí en el entierro.

Me defiendo como si estuviera siendo atacada. ¿Por no to-
marme en serio la reacción de mi madre, el sufrimiento de mi
madre, sino solo el mío? Todos estamos más cerca de nuestro
propio sufrimiento. Pero sospecho que el mío está profundamente relacionado con el suyo, el secreto, siempre lo he perci-
bido intensamente.

Llamo a mi madre. No coge el teléfono. Le escribo un correo a Ruth. ¿Impides a mamá hablar conmigo? Ruth no contesta.

Escribo: Lo acepto si mamá dice que no quiere hablar conmigo, pero si eres tú la que lo ha decidido, debes saber que es una gran responsabilidad. Le digo a Ruth que creo que si nuestra madre pudiera elegir por su cuenta, habría cogido el teléfono. Quiero oírlo de boca de nuestra madre. Ruth no contesta. Silencio. Qué me esperaba, y cómo habría reaccionado si mi madre hubiese escrito desde su teléfono: No quiero hablar contigo nunca más.

Me imagino que si ella lo dice tan brutalmente como es, lo aceptaré, tendré paz.

En la cabaña de leñadores tengo paz, cada vez paso más tiempo allí.

Veinte de septiembre, estoy sentada en el escalón de la puerta de la cabaña. El alce ha venido tres días seguidos, cruzando el prado, tranquilo y digno, ignorándome, pero ayer se detuvo junto al abedul torcido, volvió la cabeza y me miró. Yo no moví ni un músculo. Si hubiera salido corriendo hacia mí, me habría dado tiempo a meterme a toda prisa en casa y cerrar la puerta, pero por qué iba a hacer eso. Durante más de un minuto permaneció inmóvil, mirándome con sus brillantes ojos negros, luego prosiguió con su pesado andar, y desapareció entre los árboles. Al anochecer, di un paseo por el camino. En la hierba, junto a la valla, había unos pequeños níscalos, no los cogí, la paz del bosque.

Pienso en los ojos negros del alce y dibujo a carboncillo su pesado andar tan atado a la tierra, puedo entregar dibujos a carboncillo para la exposición retrospectiva. Salgo y me tumbo en el prado, cierro los ojos y poco a poco voy sintiendo un intenso contacto físico con el rugoso musgo bajo mi cuerpo, la humedad que lentamente atraviesa el anorak y las polainas, y me moja, me hundo dentro de mí, noto el peso húmedo de la tierra que tira de mí, y me queda claro que no nos vamos a dirigir al cielo, sino hacia abajo.

Llamé cuando estaba sentada delante de la chimenea, me resultó más fácil, como si se hubiera franqueado una barrera, el miedo atenuado, la llamada fue rechazada, volví a escribir a Ruth: ¿Has borrado mi número del teléfono de mamá?, haciendo ver a mi hermana que yo creía que nuestra madre habría cogido el teléfono si se lo hubiesen permitido, que nuestra madre en realidad quiere hablar conmigo, que supone para ella una horrible tentación. Nuestra madre tendrá que sopesar la esperanza en mí y el miedo a Ruth. Estoy segura de que no ha conseguido matarme en su interior hasta el punto de dejar de preguntarse qué tal estoy. Pero ya sé que no quiere contestar, lo he comprobado y sin embargo sigo llamando.

Si mi madre me hubiese pedido que viniera cuando mi padre cayó enfermo, si mi madre me hubiese llamado y me hubiera pedido con su voz que viniera al entierro de mi padre, ¿lo habría hecho? Me imagino que sí. Pero fue Ruth la que se puso en contacto conmigo en nombre de mi madre y me pidió que no viniera. Quizá mi madre le pidiera a Ruth que me dijera que viniera, pero Ruth no me lo dijo, porque no quería tenerme allí.

Culpo a Ruth para eximir a nuestra madre, es lo más sencillo.

Ruth no contesta, Ruth está callada y yo no consigo trabajar. Escribo a Ruth diciéndole que *tengo* algo que decirle a nuestra madre. No sé lo que es, pero tampoco Ruth lo sabe. Puede tener que ver con John, ¿pero, por qué van ellas a preocuparse por alguien a quien no conocen? Ruth no contesta. Piensa que si *tengo* algo muy urgente que decirle a nuestra madre, puedo escribirle una carta y echarla al buzón. Ahora bien, por consideración a nuestra madre, querrá saber el contenido de la carta antes de dejarle que la lea. Por eso Ruth revisa regularmente su correo. Ruth tiene las llaves de su piso y de su buzón, pero tiene que ir a trabajar, y cuándo llega el cartero y cuándo baja nuestra madre al buzón, es una tarea logísticamente difícil que se ha impuesto a sí misma. Me la imagino saliendo del trabajo en la pausa del almuerzo, abriendo la puerta de la calle Arne Brun, 22, y acercándose al buzón con la esperanza de encontrar una carta mía ¿que contiene qué?

Yo no soy un personaje cualquiera. Las dos abrirán mi carta con manos temblorosas. Porque soy la hija, la hermana, porque somos magnitudes mitológicas las unas para las otras, y porque somos enemigas, quién no siente curiosidad ante su enemigo. Pero ellas no contestan a mis intentos de toma de contacto, el agravio es mayor que la curiosidad. Y quién me creo que soy. Escupo hacia arriba y luego llamo como si nada hubiese sucedido. ¿Acaso creo que mi madre no tiene orgullo? El orgullo también ha de tenerse en cuenta.

Estoy sentada en la cabaña y noto que el alce quiere algo de mí. Viene todos los días sobre las dos de la tarde, siempre por el mismo camino, cruza el prado, haciendo un sendero que pasa por delante del pino muerto, luego se para siempre en el mismo sitio, junto a mi amiga la piedra, y me mira. Esta mañana llovía, y pensé que no vendría, dejó de llover, un mirlo cantó, un doble arco iris apareció en el inmenso cielo, y entonces llegó.

Ruth no me tomó en serio cuando escribí que tenía una información importante para nuestra madre, y no le faltaba razón, pero a nivel existencial soy yo la que tiene razón, porque tengo algo importante que decirle, aunque no disponga de las palabras o no conozca el contenido. Es algo que no pertenece a la esfera racional.

Estoy sentada en la terraza mirando los grandes arces debajo de mí, aún cuelgan algunas hojas arrugadas de sus ramas finas pero nervudas, como farolillos chinos sin luz.

Mi madre se levanta y enciende la cafetera eléctrica. Mientras espera a que se haga el café, va a la entrada, abre la puerta y coge el periódico del felpudo, sigue abonada a un periódico en papel. Se lo lleva a la cocina y lo abre por las páginas de las esquelas, la puerta de mi madre al periódico Aftenposten. Espero que no encienda el televisor. Ruth se ha encargado de ponerle todos los canales, puede que mi madre tenga el televisor encendido desde por la mañana hasta por la noche, espero que no sea así. Mientras espera a que se haga el café, le permito que ponga la radio. Yo he puesto la radio, yo estoy esperando a que se haga el café.

Desde la mesa de la cocina mi madre ve árboles, pero no como los que yo veo desde la cabaña, pinos, abetos y algún que otro abedul torcido. Los árboles que aparecen en las páginas amarillas son parecidos a los que veo cuando estoy en la terraza del taller con la cabeza baja, arces plantados, me invento que mi madre ve árboles desde la mesa de la cocina, donde se acaba de sentar. Decido que con el café se toma un biscote con mantequilla y queso marrón, las hojas de los arces que está mirando han empezado a amarillear, el sol se refleja en ellas y en ella como se refleja en mí a través de las hojas, el cielo está azul tanto para ella como para mí, y resulta increíble que compartamos esa visión. Mi madre da pequeños sorbos de café caliente, pero no sigue hojeando el periódico, no le interesa como en los viejos tiempos, en realidad, nunca le ha interesado, pero en la última página está la programación de la televisión. Entonces suena el teléfono, que está junto a ella en la mesa, es Ruth, suele llamar a esta hora. Le pregunta si ha dormido bien, mi madre le contesta y le cuenta lo que va a hacer ese día, las dos se sienten mejor al acabar la conversación. Es bueno hablar con una persona a la que se quiere. El día puede empezar. Mi madre ha quedado con Rigmor, que también es viuda, se ven con regularidad en la pastelería de la plaza de Scous. A mi madre le hace ilusión hablar con Rigmor, las dos han estado recientemente en el médico. Me imagino que tienen una relación autoirónica con sus cuerpos envejecidos, que se ríen de que meten las gafas en la nevera, pero a veces también sienten miedo. Creo que no hablan de eso. Se cuentan sobre los hijos y los nietos, y se enseñan fotos en el teléfono. Los hijos de Ruth aún no tienen edad de que mi madre tenga bisnietos, creo, solo tiene uno, Erik, el hijo de John, del que ignora la existencia. Hablan de los viejos tiempos, recuerdan a los muertos, han muerto varios desde la última vez que se vieron. Bromean con que pronto les tocará a ellas. Pero en el fondo tienen miedo. No hablan de eso, tampoco de mí. Están mucho rato en la pastelería comiendo pasteles. O no comen pasteles, porque no es bueno para el colesterol, y ellas quieren vivir mucho tiempo. Luego van de compras, siempre hay alguien que cumple años, y es una alegría hacer felices a los nietos. Antes de despedirse, se abrazan, mi madre se va andando a su casa, animada y cansada de una manera agradable, y abre sus paquetes.

Cielo despejado, noches frescas, olor a raíces y hojas secas, y el tamborileo del urogallo, una reluciente telaraña en el brillo del sol, el mundo reposa en paz, siento como si procediera de la tierra, no de mi madre.

Mi madre ha estado de compras con Rigmor. Mi madre no tiene problemas económicos, no le preocupan ni la economía ni el medio ambiente. No creo que antes de comprar un producto se informe de dónde ha sido fabricado o de su composición. Solo lo creo. Tal como recuerdo a mi madre, no le interesaban ni la política ni la sociedad. Por eso supongo que nuestra *situación* le preocupa, pertenece a lo cercano. Pero no quiere hablar de eso, tampoco con Rigmor, porque una ausencia total de contacto entre madre e hija no puede achacarse solo a una de las partes, ¿no? El motivo también puede resultar incómodo si mi madre pretende explicarlo por el poder que M tiene sobre mí, ella no sabe que él ha muerto. Pero seguramente Rigmor comparta la opinión de mi madre sobre mis cuadros, y los encuentre difamatorios. Rigmor da gracias a Dios por no tener una hija artista. Además, no vine al entierro de mi padre.

¿Pero por qué me había vuelto tan poco considerada, tan poco cariñosa? Nadie pregunta para no viciar el ambiente. Entender lo más profundo no es asunto de mi madre y su amiga. Saben que mi madre ya no felicita por su cumpleaños a su nieto, mi hijo, pero eso es culpa mía.

Mamá, te invento con palabras.

Todavía crecen las violetas y los pensamientos a lo largo de los caminos, el cielo sobre mí está de color azul claro, aunque las colinas del horizonte se dibujan negras y afiladas en contraste con las bajas nubes rojas al oeste, la adelfilla crece en el montón de piedras donde las serpientes duermen bajo el sol crepuscular, detrás hay frambuesos entre fértiles helechos, más arriba centellea el agua en los pantanos, y dorados rayos de sol se reflejan en la hierba en la que me siento. Sobre viejos tocones crecen los arándanos rojos, y detrás de mí, bajo la sombra de los abetos, se extienden las laderas de arándanos azules, los prados de rebozuelos atrompetados, y se acercan los cencerros de las ovejas, resulta agradable, pero no es como con el alce. ¿En qué clase de paisajes me estoy metiendo? Tal vez no sea sano. ¿Felicitación de cumpleaños? ¿Coloco a mi *hijo* como escudo, con todas las asociaciones de esta palabra con algo vulnerable y desprotegido, para hacer que mi madre parezca cínica? ¿Mi *hijo* había dicho alguna vez que echaba de menos una felicitación para su cumpleaños de su abuela noruega? No. ¿Pero si hubiera sentido esa carencia me lo habría dicho? ¿John nunca había mostrado interés por su familia noruega porque notaba mi desagrado, al igual que Rigmor no preguntaba por mí a mi madre porque percibía su desagrado? Pero yo sí había hablado a John de lo que yo llamaba el conflicto o la ruptura. Que mis padres estaban en contra de mi elección de profesión y cónyuge, que les dolió mucho que desapareciera tan de repente y expusiera cuadros que no les gustaban, a él no le había enseñado esos cuadros por miedo a cargarle con mis problemas. ¿O fue para ponérmelo todo más fácil? ¿No se los había enseñado por miedo a que me reconociera en la madre lejana, centrada en sus profundidades? ¡Pero yo no era como mi madre! No me metía en las cosas de mi hijo ni expresaba deseos en su nombre, ni siquiera había considerado deseos de ese tipo, seguramente debido a mi propia experiencia, pero quizá John hubiera echado de menos una mayor dedicación por mi parte, una mayor implicación, de modo que yo había sido igual de torpe que mi madre, solo que por lo contrario, porque era ingenuo pensar que el dolor de mi madre se había convertido en mi intranquilidad, sin que mi intranquilidad se hubiese convertido en una carga para John. ¡Pero si algún día él me lo quería contar y vaciar su corazón en una carta, como yo había hecho con mis padres, yo sería toda oídos y aceptaría lo que fuera! Pero no quiero que mi madre acepte lo que sea, solo quiero que hablemos abiertamente y sin tapujos, y, por cierto, hay una diferencia entre la relación entre madre e hijo y la que hay entre madre e hija, porque la madre es un espejo en el que la hija se ve en el futuro, y la hija es un espejo en el que la madre ve su yo perdido, así que mi madre no quiere verme para no ver lo que ha perdido. ¿Es así? Un hijo puede tener que hacer un ajuste de cuentas con sus padres para seguir su propia voluntad y su propio camino y, si los padres lo aceptan, podrán tener luego una relación más equilibrada, en el fragor de la batalla, todos se han mostrado desnudos y vulnerables, y porque se ha intentado poner palabras a todo lo complicado y ambivalente, algo que nunca se había hecho entre mi madre y yo, lo que es necesario para que se rompa el círculo vicioso del dolor, ¿es eso lo que estoy haciendo?

¿No tienen los padres una obligación para toda la vida que el hijo no tiene? Según la Biblia, es al revés, son los hijos los que tienen que honrar a sus padres para que se prolonguen sus días sobre la tierra, pero la Biblia ha sido escrita por padres con el fin de mantener en su lugar a los descendientes.

Llamo a John. No contesta. Luego escribe que iba en un avión rumbo a Viena, va a tocar en la Gesellschaft der Musikfreunde. Estoy orgullosa de él, se lo pongo. Le digo que no tenga reparos en comentar asuntos incómodos. Me envía un emoji de una sonrisa torcida.

Mi madre entra en su casa, deja las bolsas en el suelo, se sienta en una silla y se quita los zapatos. Está cansada, contenta pero cansada. ¿Qué hora es? Tal vez las seis, estamos a finales de septiembre y los pájaros están a punto de retirarse a descansar en los árboles, la noche llega antes, ya hay una especie de sombra que se acerca a la terraza, adonde mi madre ha salido porque quiere estudiar los pájaros, los que ya se van y los fieles grises que se quedan. Yo no he visto ningún ser humano en los cuatro días que llevo aquí, solo pájaros, ovejas y alces. Quizá se tome una copa de vino en la terraza, el miedo a la dependencia ya ha disminuido. También los médicos le dicen que se tome una o dos copas cuando le apetezca. Entro, abro una botella, me sirvo una copa y vuelvo al escalón de fuera, la madera huele a brea recalentada por el sol, me apoyo en ella, los cencerros de las ovejas se aproximan lentamente, es agradable verlas pasar por aquí, pero no es igual que con el alce.

Cincuenta y tres kilómetros desde donde me encuentro.

Mi madre dormita en la terraza. Es muy agradable estar allí sentada con el sol de la tarde, contempla la bola roja entre los árboles, todavía llenos de hojas. ¿Pero entonces mira el reloj, se levanta y va al dormitorio, donde hay una cama individual? Ruth la ha ayudado a comprar los muebles, quizá eligieran una cama doble, porque nuestra madre durante toda su vida de adulta había dormido en una de esas, y por si tenía un nuevo novio, la tía de Fred conoció a un hombre cuando tenía ochenta y un años, y dicen que está feliz. Seguramente compraran una cama de uno veinte y nueva ropa de cama. Comprar nueva ropa de cama es un acto simbólico. Tirarían muchas cosas cuando vaciaron esa casa tan grande, nos tirarían a nuestro padre y a mí, harían una buena limpieza. Tirar a nuestro padre con manos cariñosas, acariciar trajes y corbatas, y husmear los viejos jerséis, gorros y bufandas, doblarlo todo y meterlo con dignidad en cajas que llevan al Ejército de Salvación, zapatos, calcetines, ropa interior, una persona deja tantas cosas tras ella… El Ejército de Salvación está bien, ahora otras personas van por ahí con los trajes y zapatos de mi padre, quizá me haya cruzado con alguna por la calle. Puede que mi madre se quedara con algo de recuerdo, la alianza y el reloj del cajón de la mesilla, que abre por la noche y mira, ¿y piensa en él? No creo. Tiene que resultar raro vivir tanto tiempo y tan cerca de otra persona día tras día, noche tras noche, año tras año, y que de repente esa persona muera y se convierta en tierra. He oído decir que los animales que conviven muy cerca los unos de los otros se quieren indefectiblemente y las personas en la misma situación pueden odiarse. ¿Mi madre tuvo alguna vez algo parecido a una conversación profunda con mi padre? No, eso habría resultado demasiado peligroso. Hablaban sobre temas seguros, los hijos de Ruth, los asuntos de mi padre del despacho, las distintas clases de rosas del jardín, esa distancia especial que ya existía cuando yo vivía con ellos, y murió mi padre, y mi madre echaba de menos a alguien con quien hablar de las flores. Mi madre tiró la vieja ropa de cama y las viejas toallas, y compró cosas nuevas, iba a empezar una nueva vida en un nuevo piso. Yo sigo teniendo un juego de cama que en su momento perteneció a la casa de mi infancia. Se coló por casualidad en mi primera mudanza y desde entonces se incluiría en todas, del mismo modo que por razones inexplicables me han seguido otras cosas de la infancia que siguen siendo mías y ahora resultan difíciles de tirar. Un cenicero con adornos de latón de la época de mi padre en los Países Bajos, unas bandejitas de teca que hizo en manualidades en el colegio junto con una percha que tenía grabado su nombre. Ellas no pueden inventarme fuera de la historia, tengo pruebas que solo puedo tener por haber crecido en su casa. No tienen ningún valor, son cosas muertas, no sé por qué no las tiro, cuando cambio las sábanas nunca elijo el juego que pertenecía a la casa de mi infancia. Tampoco las tiré cuando me mudé aquí, lo haré cuando vuelva del bosque, voy a pasar el fin de semana en la cabaña.

Mi madre se desnuda y deja la ropa en una silla, ¿es en este momento cuando más sola se siente? Tiene la piel pálida, aún no ha estado en el sur, recuerdo la piel blanca de mi madre, las pecas en el pecho, las mejillas quemadas por el sol durante todos los veranos en la montaña, se pone un pijama y encima una chaqueta de lana de cachemira que no hay que doblar, sino colgar en una percha. Mi madre se pone las zapatillas, va al salón, se sienta en su sillón favorito y enciende el televisor. Ve un documental sobre animales salvajes en África. Resulta tranquilizador, por eso se lo dejo ver. Espléndidos antílopes con el vientre blanco pastan bajo un alto cielo keniano de color azul claro, el sol brilla sobre las llanuras, que son del mismo color que los animales. Allí hace calor, mientras que aquí empieza a hacer frío, llega el otoño, y el que ha vivido muchos otoños lo reconoce. Mi madre añora el calor, pero no quiere ir a África, África resulta mejor en la tele, pero no puedo saber si tal vez Ruth llevó a nuestra madre y a toda su gran familia a un safari en África cuando cumplió los ochenta, y el documental recuerda a mi madre la vez que durmieron en una tienda de campaña en el Serengueti. Los antílopes pastan tranquilamente en la sabana, la cámara capta una familia de leones en la sombra, bajo unas acacias. Dos madres perezosamente tumbadas de lado, con la piel del mismo color que la hierba seca, cuatro cachorros jugando, el macho a unos metros de distancia, con la cabeza levantada. De nuevo aparecen antílopes pastando, la música suena los domingos por la mañana, pero a nosotros no nos engañan, porque las madres leonas se han levantado y se deslizan por la hierba, se oye una música siniestra, una de las madres leonas se acerca a la manada, la otra da un rodeo, corre como una sombra por la hierba alta, la manada la percibe y se pone en movimiento, una nube gris en el cielo de la estepa, pobre del más lento que forma el último pico de la nube. Dios se apiade del más lento que forma el último pico de la nube del cielo de la estepa. No vayas delante, dijo la madre al hijo que iba a la guerra, no vayas entre los últimos, ve por el medio, los que van por el medio vuelven, pero cómo va a llegar hasta allí el pequeño antílope al que enfoca la cámara, cuando todos los demás corren más deprisa y no lo ayudan, creo que es una hembra. La primera leona se acerca, como acordado, y se sube de un salto a la espalda del antílope, agarrándose con los dientes, el antílope sigue corriendo, la otra leona acude y muerde el cuello del antílope, dos leones sobre el cuerpo del antílope, las patas del antílope corren cada vez más despacio hasta que no pueden más, y la sangre le chorrea por dos sitios, sobre todo por el cuello, es por los leones cachorros. El vientre blanco da contra el suelo, la leona que iba encima se baja de un salto y muerde también el cuello del antílope, cuyos ojos se hinchan, negros y aterrados, su cuerpo tiembla, aún no está muerto, los cachorros leones llegan corriendo, alegres, mi padre come primero, mi madre apaga el televisor.

Ella se levanta, quizá con pesadez, quizá ligera, va al baño y se mira en el espejo con el cepillo de dientes en la boca. Se suelta el pelo, que le cae sobre los hombros, no creo que se lo haya cortado mucho, posiblemente tenga canas, pero en ese caso se lo tiñe, gran parte de su identidad está relacionada con su pelo rojo, fuego de Hamar. Va a la cocina, llena un vaso de agua y anda descalza hasta el dormitorio, se sienta en la cama, se mete un somnífero en la boca, bebe, traga, se acuesta y se envuelve en el edredón, como hace todas las noches desde que murió mi padre. Este momento me interesa. La media hora hasta que la pastilla hace efecto. Mi madre en la cama. Esperando, pensando. ¿A qué? ¿En qué? El día que ha transcurrido, el día siguiente, la hora de la peluquería, ¿y luego? ¿Y luego?

Ruth ayudó a nuestra madre a decidir lo que se llevaría al nuevo piso, y lo que tiraría. Seguramente se desprenderían de lo que les recordaba a mí, la foto de la confirmación, la de mi boda y la de mi hijo recién nacido eran cosas que no podían tener expuestas, como una herida. Veo a Ruth tirándolas y el cristal del marco rompiéndose contra el fondo de un contenedor. No, no merezco tanta emoción. Las mete con indiferencia en una bolsa de basura que tirará al montón.

Cuando Ruth supo que había vuelto, se lo dijo a nuestra madre para que estuviera preparada si me ponía en contacto con ella o se encontraba casualmente conmigo. ¿Y luego qué sería lo mejor? Callar, como ellas han callado sobre mí durante todos estos años, o refrescar lo que ambas sienten como una traición, en mi ausencia yo estaría siempre presente como fuente de escándalo. ¿Cómo disminuir el desasosiego que la noticia de mi vuelta a casa seguramente ha ocasionado?

Ya es de noche. Mi madre duerme intranquila.

Me muevo por las zonas de la ciudad que supongo ellas no frecuentan. La ciudad ha crecido mucho, el riesgo de tropezarme con Ruth o con mi madre es mínimo. Podría ser en la estación central. A mi madre no le gustaba usar el transporte público, pero ahora no le queda más remedio el día que Ruth no puede llevarla en coche. Cuando voy a un museo por la mañana, estoy alerta, hay mucha gente mayor en los museos, pero mi madre evita los de arte por mí. Como medida de precaución, en las cafeterías me siento desde donde pueda ver a los que entran, y tengo un plan para escapar. El otro día, cuando estaba junto al mostrador del Museo de Artesanía, una mujer me tocó el hombro y me preguntó si yo era yo, no pude negarlo. Dijo que conocía al hermano de mi madre, Tor, habían trabajado juntos en la Cruz Roja, y él le dijo que yo, la pintora, era su sobrina. No parecía que fuera algo de lo que Tor se avergonzara. Me preguntó si había vuelto para quedarme, le contesté que no estaba segura. Tor se había roto la muñeca, dijo, pero tal vez ya lo supiera. Me sentí avergonzada, y ella me miró de un modo escudriñador, ya estaba mejor, dijo, la dependienta preguntó si me iba a tomar el café allí o me lo iba a llevar, lo cogí y me marché.

Conque Tor, el hermano de mi madre, habla de mí. ¿También a mi madre? ¿Tor, el hermano de mi madre, va a verla y comenta que mis fotos ya no están allí? O sabe que sería embarazoso para ella, y por eso no pregunta. Pero él *se da cuenta*. Quizá mi madre sienta una enorme desazón solo con oír mi nombre, y por eso la gente evita pronunciarlo en su presencia. Quizá mi madre sienta malestar cada vez que oye ese nombre, aunque se trate de cualquier Johanna, una esquiadora, una presentadora de las noticias, oye el nombre y siente un escalofrío, es una suerte que no haya muchas Johannas. Quizá mi madre haya conseguido apartar los desagradables pensamientos sobre mí en el día a día, tiene muchos años de experiencia, pero de repente en la televisión entrevistan a alguien que se llama Johanna y mi madre siente que se marea, apaga el televisor con el corazón en vilo, y llama a mi hermana para aliviarlo.

No pueden tacharme con una cruz del árbol genealógico.

Mi madre vive en la calle Arne Brun, 22. En las páginas amarillas aparece una foto del edificio. Sé que existe esa parte de la ciudad, pero nunca he estado allí, tal vez haya pasado en autobús, que yo sepa nunca he estado en la calle Arne Brun. Es un edificio de ladrillo rojo. Tengo su imagen en la cabeza, no me hace falta más. Me voy a la cabaña del bosque para aumentar la distancia. Las hojas ya se han puesto rojas como ladrillos, pero el verano está todavía en los troncos, hasta muy avanzado octubre, el verano sigue dentro, el sol penetra los troncos negros cubiertos de brea que dentro conservan el color de pan recién hecho y de cuerpo humano, el sol vive allí mientras puede, los troncos recogen los rayos y el calor, la cabaña está caliente cuando llego y abro la puerta. Desde aquí habrá otro camino hacia allí. Una expedición desde otro lugar, casi desde otra persona. No sé qué hace mi madre durante la semana, pero espero que su agenda no esté muy llena, y que la semana de Ruth se parezca a la de la mayoría de los trabajadores, supongo que mi madre sale sola si lo hace un martes por la mañana. Hace buen tiempo, hay motivos para salir. El otoño es la mejor estación del año, la luz clara, el aire fresco en la cara incluso cuando brilla y calienta el sol. Si llega una nube, enseguida hace frío, pero cuando la nube desaparece y vuelve el sol, calienta el cerebro y el corazón. Mi madre no sabe qué coche tengo, a mi madre no le interesan los coches, creo, siempre tengo que añadir un creo. Pero de todos modos no quiero aparcar muy cerca, quiero aparcar de manera que pueda ver quién sale, pero sin que nadie me vea a mí. No suele haber personas sentadas en los coches aparcados. Solo te quedas sentada en el coche si has ido a buscar a alguien y llegas demasiado pronto, pero entonces no apagas el motor, no aparcas del todo, pones el intermitente y te acercas a la acera. Una persona que está mucho tiempo sentada en un coche aparcado no es algo que se vea a menudo, pero tampoco es algo rarísimo. Es propio de las películas de espías. Cuando voy por la calle nunca suelo intentar averiguar si hay gente sentada en los coches por los que paso. Voy mirando hacia delante. Si viera a una persona sentada dentro de un coche bien aparcado, pensaría que estaba a punto de poner el coche en marcha o de bajarse. ¿Pero si viera a una persona sentada durante mucho tiempo dentro de un coche aparcado, lo encontraría extraño o sospechoso? No, si la persona estuviera mirando un mapa. Me llevo un mapa, lo planifico como si fuera un crimen. Si no encuentro donde aparcar, doy una vuelta a la manzana y vuelvo. Quizá tenga que dar muchas vueltas, es lo normal en calles relativamente próximas al centro. Si no encuentro un sitio para aparcar, doy la vuelta, no pasa nada por tener que dar la vuelta. No me río, me tiembla la mano en septiembre. Cuando el sol se pone detrás de los abetos, enseguida refresca, enciendo la estufa de hierro de la cocina y la chimenea grande de la salita y bajo andando hasta la carretera no iluminada para tranquilizar el cerebro, sigo un kilómetro, no está tan oscura como para no ver el camino, oigo cencerros de ovejas. No se ve luz en ninguna de las cabañas que vislumbro en la ladera, pero al volver veo las luces de la mía, y el humo que me da la bienvenida desde la chimenea del tejado, me tranquilizo, mi corazón y mi cerebro están intranquilos, la cabaña está caliente cuando entro.

Tardaré cuarenta minutos desde aquí. Si hubiera ido desde la ciudad, habría tardado la mitad, pero habría sido distinto. Desde aquí es una expedición, una ruta que nunca he hecho antes. Primero la carretera secundaria, recta y sin tráfico, antes de que este aumente al pasar el límite de la ciudad, y llego a la autovía desde un lado no habitual. Luego giro. Conduzco con el corazón en vilo, la garganta me da golpes mientras me acerco, no sé en dónde me he metido, eso es lo que tengo que averiguar. Me metí en el coche de una manera distinta a la de siempre, pase lo que pase, aprenderé algo sobre mí misma, estoy impaciente por saber qué. Conduzco tranquila, irritando a los que vienen detrás, lo alargo lo que puedo, y de repente estoy allí, sorprendida, como si esperara que fuera difícil encontrar el sitio, porque ha sido mentalmente difícil ponerme en marcha, no lo es, ya he pasado por delante, un lugar nada dramático y con muchos sitios donde aparcar, pero no doy marcha atrás, doy una vuelta a la manzana y me meto más despacio por el mismo camino, pasando por delante del número 22, un edificio de ladrillo rojo. Una entrada normal y corriente, otra vuelta a la manzana y entro por tercera vez en la calle Arne Brun, paso por delante del edificio de ladrillo rojo, veo un sitio libre delante de un edificio parecido más abajo, y aparco de modo que veo el edificio de mi madre a unos veinte metros delante de mí, a la derecha. Me tiemblan las piernas, qué estoy haciendo aquí, no lo sé, esperando a mi madre, que respira a menos de cien metros de mí, si es que está en casa, si vive; si hubiera muerto lo sabría. El edificio duerme. A ambos lados de la entrada hay jardineras de madera pintadas de azul, denotan algo formal, pero no hay nada más que indique que haya algo más que pisos privados en el edificio de cinco plantas, no sé en cuál vive mi madre. Si hay ascensor, puede ser en cualquier planta, seguro que hay ascensor, el edificio parece recién reformado. Diez terrazas dan a la calle, todas llenas de plantas. Pero también hay terrazas a los lados, y seguramente también en la parte de atrás, la terraza de mi madre puede que dé a la calle donde me encuentro, pero también a un edificio vecino, todos parecen de la misma época, principios del siglo XIX, reformados muchas veces, es un barrio bonito. No veo ninguna señal de vida en las ventanas que dan adonde me encuentro, pero a quién se le ocurre mirar por la ventana a una somnolienta calle a estas horas del día, son las diez y cinco de la mañana. Ninguna persona, ningún coche en movimiento. Me he encogido todo lo que he podido en el asiento, enseguida me resulta incómodo, me incorporo un poco, hasta donde me atrevo, no enciendo la radio, aunque me digo a mí misma que no importa, lo siento como algo peligroso. No despliego el mapa que tengo al lado, para qué iba a hacerlo. Estoy tensa, noto mi respiración durante media hora, pienso en marcharme cuando veo que una mujer viene hacia mí. No es mi madre, me doy cuenta enseguida, tan solo una mirada y sé que no es una mujer de más de ochenta, veo inmediatamente que no es mi madre, que es una mujer de mi edad, ¿Ruth? No, no puede ser, esa mujer no se parece a mi hermana y, además, pasa de largo del número 22, como si no supiera que va por la calle de mi madre. Mi hermana conoce bien esta calle, mi hermana vive a diecisiete minutos andando de aquí, lo he comprobado en las páginas amarillas, pero seguramente va en coche como yo, ahora estará trabajando. Pero si contra todo pronóstico viniera en su coche por algún motivo para ver a nuestra madre un martes por la mañana no se fijaría en los coches aparcados, sino en los sitios libres para aparcar, como el de delante de mí, pero mi hermana no viene. Llega un perro, aparentemente sin dueño, husmea la farola que tengo delante, mea y desaparece. Me quedo allí sentada dos horas y media, luego vuelvo al bosque con una lenta sensación en el cuerpo. Paro el coche junto al llano poblado de abetos, ando hasta que llega la oscuridad, me pierdo y encuentro setas lengua de vaca que brillan de color crema en el suelo oscuro, con la mochila llena de setas encuentro el camino de vuelta. Cuando aparco, todo está tan oscuro que no veo el sendero entre los árboles, he olvidado encender las luces de fuera. Oscuro como dentro de un saco, el aire ácido y el musgo bajo mis pies quebradizo como siempre en otoño, y si alguien estuviera espiando, oiría que me estoy acercando, los animales sí me oyen llegar, ilumino el sendero con el móvil, no veo más que un metro delante de mí, no lo levanto hacia el bosque para no ver figuras humanoides, a quién temo, ¿a mi madre? Llego aliviada a la puerta y abro, enciendo la estufa de hierro, enciendo la chimenea y no me quito la ropa de abrigo hasta que el termómetro marca dieciocho grados, es algo que siempre nos decía mi madre cuando llegábamos a la cabaña de Rondane, y se me ha quedado grabado. Apenas tarda diez minutos. Me encuentro tan lejos que no puede haber sucedido, al mismo tiempo tengo la sensación de que ya ha pasado lo peor, pero no es así.

Tres días después llego del bosque a la misma hora, pero por el otro lado, son las diez y media y aparco en el mismo sitio, solo que en dirección contraria, hay muchos huecos donde elegir, pero este lo considero mío. No pago el aparcamiento, como es mi deber, si llega un controlador me voy. Todo me parece menos dramático que la última vez, tampoco ocurre nada. Compruebo en las páginas amarillas que me encuentro en la dirección correcta, sí, ¿mi madre se pasa el día dentro de casa? Si me quedo aquí hasta las cuatro, supongo que tendré, ¿qué, alguna señal? ¿Se ha roto la cadera? Mi cerebro no participa en eso, mi cerebro ha abdicado.

Vuelvo a casa con el asunto sin resolver, ¿cuál es el asunto? ¿Cómo puede resolverse? La vida pasa muy deprisa. Hay tantas preguntas que intentamos no hacer salvo en nuestro interior, tantas cosas que evitamos sacar a relucir… aunque las personas que podrían contribuir a la solución con la información necesaria sigan vivas. Podríamos buscarlas para exigir respuestas, pero no lo hacemos. ¿Por qué? Porque por mucho que rogáramos no recibiríamos ninguna respuesta, o porque no merece el precio que habría que pagar, la humillación, la desazón. Prescindir de una información decisiva para evitar la desazón, esta pequeña y única vida, mientras que lo no solucionado, lo incierto, puede atormentarnos el resto de la vida, sobre todo por las noches, ¿no?

Tal vez mi madre no quiera hablar conmigo bajo ningún concepto, me cuesta creerlo. El que los hijos renieguen de sus padres es comprensible, el que los padres renieguen de sus hijos tan obstinadamente es poco frecuente.

Viví dentro de su cuerpo durante nueve meses, ella me parió con dolor y se ocupó de que yo no muriera, yo mamaba de sus pechos, ella me lavaba, limpiaba los residuos de mi cuerpo, me ponía ropa limpia y me metía en una cuna que supongo estaba caliente. Me arrullaba y me llevaba en brazos, también si lo hacía con la mayor ambivalencia, me cepillaba los dientes cuando me salieron, me enseñó a hablar, ma-ma, en aquellos tiempos las madres eran las únicas que se ocupaban de esas cosas. Esa persona a la que en una época consideraba parte de mí misma, con quien vivía en simbiosis, de quien era completamente dependiente todos los sentidos, la que, si me descuidaba, amenazaría mi existencia, y a quien por esa razón seguía con ojos de Argos y los oídos aguzados, hacia quien tenía dirigido todo mi aparato sensorial, qué me susurraba al oído cuando me arrullaba y me llevaba en brazos, la primera canción que oí.

Si pudiera conseguir que ella escuchara y de alguna manera aprobara mi historia, una nueva vida no sería posible, somos demasiado viejas para eso, pero sí tal vez una especie de paz. Una manera de atenuar lo que imagino son sus constantes reproches internos hacia mí, que también tiene que resultarle pesado; desagradecida, desleal, ávida de atención, cínica.

La primavera anterior al caluroso verano vi *El pato salvaje* en el teatro, y lo sentí como si se me quitara la mentira vital. Había sido una carga muy pesada, pero perderla me exigió mucho, porque ¿cómo vivir sin ella? Para algunos es necesaria para sentirse dignos, pero la mentira vital de algunas personas puede ser el azote de otras, y entendí las ganas de Gregers Werle de arrancar el velo para que la gente pudiera ver el paisaje en el que realmente se encontraba, y tener con ello la posibilidad de cambiar su vida. Pero cambiar la vida requiere mucho esfuerzo y tiene un coste, y algunas personas no disponen ni de lo uno ni de lo otro, y en *El pato salvaje* tampoco acaba bien, razón por la que quería protestar y gritar cuando entendí lo que Hedvig estaba a punto de hacer, ¡él no se lo merece, aléjate, vive tu propia vida! Y ese mismo verano me marché, pero con Mark como mi salvador, y ahora estoy de vuelta ¿como una Hedvig o como un Gregers Werle?

¿Cuándo se volvió mi madre locuaz, enterrando esa madre mía enmudecida cuyos gritos sordos me llegaban constantemente?

Todas las mañanas me pongo la ropa de trabajo, abro la puerta del taller y entro en ese embriagador olor a pintura, trementina, lienzos secos y húmedos, pero la figura que tengo delante sigue siendo un boceto poco interesante, el espacio que la rodea carece de profundidad, la miro y me siento abatida, tal vez haya sido un error venir aquí, «a casa», quizá todo lo que despierta en mí de sentimientos adormecidos e imágenes de recuerdos me incapacite para trabajar, de modo que el regreso sea la prueba de que la marcha era necesaria. Al mismo tiempo, al encontrarme con el taller noto esa intranquilidad que me suele atacar antes de una eclosión, resulta casi insoportable, dibujo a Mark a carboncillo para tener compañía.

Conozco el camino y tengo menos miedo, me siento menos avergonzada, vengo del mar y de la planta trece, estoy sentada en el coche observando y hoy viene ella, no cabe duda, cómo podía creer que dudaría, me doy cuenta enseguida: ¡mamá!

Un cuerpo treinta años más viejo, pero el porte y la manera de andar, como si algo corriera prisa, siempre como si corriera prisa ir o venir, son los mismos: ¡mamá! Ligeramente inclinada hacia delante, con la mirada alerta, mandíbulas algo apretadas, más ligera de pies de lo que me esperaba, ¡mamá! Sale de la casa con vaqueros, zapatillas de deporte y una chaqueta oscura. En la cabeza lleva un gorro verde que me impide ver si sigue siendo pelirroja. Da unos pasos hasta la acera, se vuelve en dirección opuesta a la mía y se aleja caminando, qué esperaba. Anoto la fecha y la hora.

Por regla general, vuelvo del bosque en el día, pero no siempre, ya han brotado los arándanos, en las zonas pantanosas veo que las frambuesas árticas están empezando a madurar, eso me anima. Aparco en el mismo sitio, pero más tarde, son las tres. Ya no estoy sobre ascuas, pero no leo, noto que estoy atontada. Conozco los coches que están aparcados a mi lado, tres negros y uno pequeño eléctrico azul, nadie viene a por ellos, la calle está dormida. A veces pasa algún coche despacio, un escolar con la mochila a la espalda que hace que se me haga un nudo en la garganta, luego aparece un coche vacilante, y me encojo en el asiento. Está buscando aparcamiento, vuelvo la cabeza hacia el otro lado, el coche pasa por delante de mí, me encojo aún más, presiono la cara contra el respaldo del asiento, lo sé sin saberlo, lo noto, oigo que para, lo oigo aparcar entre dos coches, ir hacia delante y hacia atrás antes de pararse, oigo el chasquido al cerrarse la puerta, los pasos que cruzan la calle hasta la acera, lo sé y estoy en lo cierto, mi hermana. Levanto la vista. Su manera de andar, los especiales movimientos de su especial cuerpo que viven y están grabados en el mío, no le veo la cara, mira hacia otro lado, hacia el número 22, lleva una bufanda enrollada a la cabeza, pero veo pelo canoso en la parte de arriba, va andando por la acera, ligeramente patizamba, como andaba cuando subía por la calle Blåsut, camino del colegio, con la mochila bailando a la espalda, no sabía que aún lo recordaba. Lleva un bolso colgado del hombro izquierdo y una bolsa verde de compra de las tiendas Kiwi en la mano derecha, con cosas para nuestra madre. Mi hermana camina tranquilamente por la acera hacia el número 22, con pantalones oscuros y una chaqueta oscura como la de nuestra madre, ellas se parecen, ¿y yo? Mi hermana anda más despacio, no es tan impetuosa como nuestra madre, ligeramente inclinada hacia delante con la mirada en el asfalto camina como si no tuviera prisa, tal vez no le haga mucha gracia venir, la imagen de mi hermana dirigiéndose a ver a mi madre no me provoca, no noto ninguna irritación, solo un dolor sordo.

No llama al timbre, mira el reloj y abre la puerta con llave. Se hace el silencio. No veo ningún movimiento en ninguna de las ventanas que me indique en qué planta vive mi madre, no distingo la figura de mi hermana o su sombra en ninguna ventana que me revele cuál es su piso. ¿Debo esperar a que vuelva a salir? Espero tres cuartos de hora sentada con la espalda muy recta en el asiento, de repente sin miedo, espero otro cuarto de hora y luego cinco minutos más, pero ella quizá se quede toda la tarde, toda la noche, arranco el coche y me voy al bosque, aunque no era mi plan, para digerir mi nuevo dolor.

Se nota que ya se hace antes de noche, pero voy preparada, llevo linterna. Salgo del coche y cruzo el camino antes de cerrarlo con llave, después del clic todo se queda negro, ni una estrella, nada de viento y por ello ningún susurro de los árboles. Me quedo un buen rato como una estatua de sal buscando sonidos de animales, aunque no sé si eso me tranquilizará o me intranquilizará, tengo que averiguar cuál es mi nueva situación. Tengo menos miedo, aunque vea menos, el dolor reprime el miedo. Los ojos no se acostumbran a la oscuridad. La oscuridad se mete en los poros y enseguida llena el cuerpo, abro la boca y trago oscuridad, me quedo oscura desde dentro, me fundo con la oscuridad y puedo ver. He hecho un sendero al andar, porque siempre piso exactamente en el mismo sitio, a través de la maleza, a través de la espesura del bosque, pasando por delante de la piedra, que me saluda, a lo largo del arroyo y luego cruzándolo junto a la vieja casucha gris, a punto de derrumbarse, con tablones que cubren las ventanas y puertas, luego atravieso otro bosquecillo hasta el claro que se abre a pesar de la oscuridad, allí espera la cabaña bajo la luna que parece una concha. La figura de mi hermana inclinada hacia delante, la manera de andar de la infancia con la mochila del colegio a la espalda, yendo a casa, a mamá.

Aplazo la reunión con la comisaria. Le digo que estoy trabajando bien. En cierto modo, es verdad.

Los arándanos ya están maduros en las laderas de detrás de la cabaña, más arriba, en los pantanos, empiezan a verse las frambuesas árticas, algunas ya ligeramente rojas, observo cada una de ellas. Recubro el interior de la cabaña con pieles de reno y tapices tejidos, construyo una madriguera, preparo el invierno.

Estoy sentada en el coche, bien abrigada, a las once y cuarto de la mañana, un miércoles. Se abre la puerta de la calle Arne Brun, 22, y sale mi madre. Es mi madre, no cabe duda. La puerta de la calle se cierra tras ella, y mi madre camina los siete metros que hay hasta la acera, gira a la derecha y viene hacia mí, ligeramente inclinada hacia delante como Ruth, pero más decidida, no con cara triste, a grandes pasos y con determinación, rápida, se dirige a algún sitio. Pantalones oscuros, chaqueta oscura, bufanda verde al cuello, gorro verde por el pelo, ese pelo rojo que aún no puedo ver si sigue rojo. Al hombro un bolso marrón oscuro de piel, se mira el reloj y dobla la esquina. Arranco el motor, avanzo y doy la vuelta en la primera entrada, vuelvo a bajar la calle y doblo la esquina que ella acaba de doblar, por ahí va mi madre. La sigo a su ritmo, no hay ningún coche detrás de mí. Dobla la siguiente esquina, la sigo, mi madre camina hacia delante sin que le importe ningún obstáculo, gira a la derecha, yo no puedo, la calle es de dirección única. Llego hasta donde está permitido, lo más cerca que puedo de la acera, me paro, me bajo, sigo la valla de madera hasta la esquina y miro, mi madre se dirige a la parada del tranvía, se vuelve hacia mí, busca con la mirada el tranvía, no me busca a mí, no me ve, el tranvía llega, ¿adónde va mi madre? Se sube y se me viene encima una impotente desesperación de la infancia por el contraste entre su obvio sufrimiento y su conducta campechana, todo lo anodino que solía salir por su boca.

Durante los días siguientes vi a cuatro personas, dos arriba en los pantanos, seguramente en busca de frambuesas árticas, y otras dos abajo, en el bosque de abetos, buscando setas por donde yo ya había dejado el suelo vacío. No conseguía tranquilizarme, cogí el coche, y el domingo a las seis y cuarto de la tarde, al inicio del crepúsculo, me fui al barrio que ya me era familiar. Nadie por la calle, un barrio sin tiendas ni cafés, habitado por gente mayor que prefiere el silencio, rara vez veía a algún niño. Aparqué donde solía hacerlo y me hundí en el asiento, no dejé la radio encendida por esa pequeña luz que tiene. Hacía mucho viento. Las hojas de los arces y los álamos temblones caían sobre el parabrisas, algunas eran rojizas como el pelo de mi madre, otras de color rojo intenso, otras con puntitos negros, pronto cubrían todo el cristal, impidiendo la visión, lo que me hizo sentirme segura. Se abrió la puerta de la calle Arne Brun, 22, y mi madre salió inesperadamente con un largo abrigo *beige* que no había visto nunca, como si se lo hubiese comprado el día anterior, tal vez el sábado estuvo de compras con mi hermana, mientras yo estaba cogiendo setas. Al hombro llevaba el mismo bolso marrón, en una mano la bolsa del monopolio del vino, con algo que debía de ser una botella de vino, iba de comida dominical ¿a casa de quién? Me volví hacia un hueco entre las hojas para verle la cara. Por casualidad, se detuvo debajo de la farola y le vi la cara, tan pálida como la recordaba, pero no tan atormentada como yo deseaba o temía, como si la vida no la hubiera endurecido, como yo esperaba o temía, ¿qué esperaba o temía?, pero su mirada sí vagaba como yo la recordaba, mi madre se estaba preguntando si se había olvidado de algo. Decidida, dio la vuelta, recorrió los pocos metros que había hasta la puerta, la abrió con la llave y entró. Me bajé agachada del coche, cerré la puerta, caminé agachada a lo largo de la verja, pasé por los coches aparcados delante del mío y me puse en cuclillas detrás de la rueda trasera del tercero, justo enfrente de la entrada. Tenía la esperanza de que el dueño no apareciera, seguro que no, la calle dormía, en las pocas ventanas que no estaban completamente oscuras solo se veía la luz azulada de los televisores.

Me cansaba de estar en cuclillas para que nadie me viera, me arrodillé en las hojas mojadas y noté que la humedad me atravesaba el pantalón, me apoyé en la rueda, apoyé la mejilla en el fresco metal gris, olía como olían los coches hace mucho tiempo. Apareció una sombra moviéndose detrás de los cristales cuadrados de la puerta de entrada, mi madre salió y miró hacia delante, hacia mí, yo había hecho algo malo y ahora se descubriría. Pero ella no estaba preocupada, no me tenía en sus pensamientos, ¿qué tenía en sus pensamientos? Una bolsa en la mano, seguramente con un par de zapatos. Bajó por la misma calle que antes, Ruth vivía en dirección contraria, a diecisiete minutos andando. Cuando mi madre se estaba acercando al cruce, me levanté, crucé la calle y la seguí, ella dobló la esquina, yo me apresuré a doblar la esquina, ella no miraría hacia atrás, por qué iba a hacerlo, ¿por un repentino y fuerte impulso? Yo iba andando con la cabeza agachada, pero sin perderla de vista, si por un repentino y fuerte impulso se volvía, me agacharía para atarme un zapato, tenía una piedra en el zapato, yo era una piedra en el zapato de mi madre, pero ella seguía como si nada, no se volvió, dobló la esquina y siguió hacia la parada del tranvía. Había mucha gente esperando el tranvía en la oscuridad, con bolsas del monopolio del vino en las manos, camino de una comida de domingo con la familia, ilusionados o desganados. Mi madre iba a casa de Ruth, pero no quería ir andando por miedo a romperse la cadera. Llegó el tranvía, recogió a mi madre y se fue, yo salí de las sombras y volví a la entrada de la calle Arne Brun, 22, donde me puse a estudiar los nombres del panel de timbres, había olvidado que mi madre tenía un nombre de pila. Por el orden no pude averiguar en qué piso vivía, llamé a su puerta, no oí nada y no obtuve respuesta, como era natural.

Ruth está esperando a nuestra madre. Ruth no va a ir a buscarla, porque está en la cocina preparando cordero con col y natillas de limón. Los cuatro hijos de Ruth ya superan todos los dieciocho años y tienen carné de conducir, pero están estudiando en universidades de otras ciudades. El marido de Ruth está de viaje. Ruth está esperando a nuestra madre. Se conocen muy bien. Ruth es la persona más cercana a nuestra madre. Ruth es la persona que mejor la conoce y más pendiente está de su vida y su salud. Rigmor también está al tanto de la salud de mi madre, pero tiene bastante con la suya, Rigmor no la llama todas las mañanas para preguntarle cómo ha dormido. Y sin embargo me imagino que mi madre se siente más relajada con Rigmor que con Ruth. Quizá porque la relación con Rigmor no está marcada por la obligación, mi madre y Rigmor no se rinden cuentas. Me imagino que entre Ruth y mi madre sí existe una contabilidad, porque mi madre siempre llevaba la cuenta de lo que daba y aportaba, nunca se olvidaba de ninguno de sus sacrificios y podía enumerarlos en cualquier momento, como hacía en las cartas que me escribía mucho tiempo atrás, bien es verdad, listas de cantidades entre paréntesis detrás de algunos de los conceptos, presentados como si fueran pruebas de los cuidados, a la vez que insinuaban lo que se esperaba a cambio. Mi madre y Rigmor no comparten ningún trauma. Me imagino que mi madre y Ruth no resultan fáciles juntas, Ruth no era fácil, era yo la que había heredado el trato fácil y la ligereza de mi madre, ¿pero acaso Ruth se había vuelto más fácil con el tiempo? Sea como sea, me resulta imposible creer que mi madre y Ruth son fáciles juntas, sus lazos son demasiado complejos para eso, el pasado es demasiado complejo, tiene que ser complicado y agotador significar tanto para otra persona como mi madre significa para Ruth, y viceversa, pero bueno, así es. Mi madre va en el tranvía, camino de casa de Ruth, se baja en Liabråten, y camina durante los cuatro minutos que se tarda en llegar a su casa, lo he buscado en las páginas amarillas, es un chalé blanco, no muy diferente a la casa de nuestra infancia. Mi madre llama a la puerta, Ruth abre, y se dan un abrazo. Ruth la ayuda a quitarse el nuevo abrigo *beige* que seguramente han comprado juntas, y dice que es bonito, creo que usa la palabra *precioso,* fue una buena compra. Mi madre le da la botella de vino, y Ruth dice que no hacía falta. La casa huele a cordero y a col, a mi madre le gusta el cordero con col, a ella le salía muy bien, mi madre ha enseñado a Ruth sus artes culinarias, mi madre ha enseñado muchas cosas a Ruth. Se quita las botas, saca de la bolsa las zapatillas de andar por casa y va a la cocina, sabe el camino. Ruth examina el vino y lo abre, porque es mejor que el que había pensado servir, lo dice, y mi madre se pone muy contenta. Mi madre sabe de vinos, lo aprendió de mi padre, como tantas otras cosas. Mi madre pregunta a Ruth por sus hijos, aunque sabe de ellos, pero los jóvenes de hoy en día no paran de viajar. Le sirven una copa de ese buen vino tinto que ha traído y se sienta en una silla de la cocina. Se encuentra a gusto. Se relaja. Ruth está junto a las cacerolas vigilando la carne, ha hecho más cantidad de la que van a comer, congelará lo que sobre. Hablan de los invitados a Lindmo, mi madre opina que una de las invitadas dijo muchas tonterías, Ruth está acostumbrada a que su madre critique a los invitados a Lindmo, sobre todo a las mujeres, pero no protesta, no serviría de nada. A Ruth no le importa que su madre sepa o no lo que ella opina de los invitados a Lindmo o de los temas que allí se discuten. No me cabe la menor duda. A Ruth le importa su madre, pero no le importa si su madre sabe lo que ella opina sobre cuestiones sociales complicadas, en la medida en la que Ruth opine algo sobre cuestiones sociales complicadas, yo no conozco a Ruth. Pero estoy segura de que cuando están juntas no discuten sobre esas cosas, comen, se relajan, Ruth ha hecho natillas de limón de postre, la receta de la abuela materna, esa abuela que murió tan pronto que ni Ruth ni yo la conocimos. Con el postre toman oporto, café no, porque enseguida se irán a la cama, mi madre va a quedarse a dormir. Ruth tiene una casa grande, con muchas habitaciones, y no manda a casa a su madre de ochenta y ocho años en la oscuridad del otoño, por calles resbaladizas cubiertas de hojas de arce rojas. La cadera. La cadera. Se sientan delante de la chimenea.

Son las diez y cuarto, he encendido la estufa de la terraza y he hecho fuego en la chimenea de fuera, estoy tapada con una manta mirando el fiordo. Detrás de mí está el taller, donde hace mucho que no me meto a trabajar, no abro la puerta para no mezclar sentimientos. Si la casa de Ruth está en alto, quizá puedan ver algo de lo que yo veo, solo que desde más lejos, el fiordo, pero no lo creo. Mi madre y Ruth miran el fuego, al que mi madre acerca los pies, pues se le enfrían con facilidad. Ruth va a la cocina a recoger lo gordo, mi madre mira las llamas. No hace mucho que se enteró de que he vuelto a la ciudad, fue un *shock*. Saben que Mark ha muerto. Mina se lo dijo a alguien que se lo contó a ellas. Quizá mi madre se compadezca de mí por haber perdido tan pronto a mi marido. No, ella lo pasó mucho peor cuando perdió al suyo, con quien había vivido muchos más años, ¿y dónde estaba yo en esos tiempos difíciles? Mi madre hace recuento del pasado. Si yo los hubiera escuchado a mi padre y a ella, y me hubiera quedado con Thorleif, que, según las páginas amarillas vive en la casa de su infancia con Merete Sofie Hagen, mi vida habría sido distinta, mejor.

Pero *si* mi madre por un segundo se pregunta si me siento sola en el mundo, ¿podría compartir ese pensamiento con mi hermana? Esa es una pregunta recurrente.

Ruth y mi madre han llegado al acuerdo, expreso o no, de que ninguna de las dos se relacione conmigo, un acuerdo que no pueden romper. Mi madre depende de Ruth en todos los sentidos. Mi madre tiene que mostrarse agradecida a Ruth, mi madre le *está* agradecida a Ruth, que cumple todos sus deseos, y mi madre cumple el deseo de Ruth de no tener contacto conmigo. Si la llamo, no cogerá el teléfono. Si coge el teléfono, podrían castigarla, Ruth podría sentirse herida y alejarse, y mi madre no puede arriesgarse a eso. Me imagino que Ruth es estricta, seguramente se pregunta si nuestra madre piensa en mí más de lo que da a entender. Quizá tema que mi madre me eche de menos, igual que una esposa que ha perdonado la infidelidad de su marido para salvar el matrimonio se pregunta luego si el hombre echa de menos a su amante alguna vez, solo lo perdido se posee para siempre. Para el hijo abnegado y fiel, tiene que ser desesperante que los padres sueñen con el hijo descarriado. Yo no creo que sea así. Creo que las personas que pasan mucho tiempo juntas se funden en una dependencia recíproca de lazos que crecen y se refuerzan, aunque los lazos también pueden reprimir y corroer, en particular los que son difíciles de romper, los que rozan el cuello o el tobillo, donde la piel es fina.

Mi madre está sentada delante de la chimenea de mi hermana, solo están ellas dos en la habitación. Ruth pregunta a nuestra madre si le apetece otra copa de oporto, para «dormir bien»,
nuestra madre lo agradece, piensa que mal no le puede ir. Enseguida se irán a la cama, mañana será otro día, sobre todo para
Ruth, que tiene que ir a trabajar. De camino, dejará a nuestra madre en la calle Arne Brun, 22, pero por ahora en casa
de mi hermana reina la tranquilidad dominguera, ambas están
sentadas delante de la chimenea. ¿Podrán sincerarse entre ellas?
¿Cómo de sinceras podrán ser? ¿Puede nuestra madre compartir sus pensamientos más íntimos con Ruth si estos tratan de
mí? No. Así que hay entre ellas algo no dicho delante de la chimenea, ¿no quiero yo que tengan esa tranquilidad delante de la
chimenea? Pero lo más probable es que las dos estén de acuerdo, en armonía, hay una tranquilidad perfecta delante de la chimenea, y eso es bueno para ambas.

¿Me siento sola en el mundo? No. No en el sentido en el que ellas se imaginan, porque siempre me he sentido sola en el mundo. Es mi sensación básica. Ni siquiera la convivencia con Mark pudo hacerla desaparecer, aunque la sensación fuera más leve los años que compartí con él, porque él la compartía conmigo. Cuando Mark murió, después de dos años de duelo salvaje, volví a caer en mi sensación real, la sensación de la infancia y de la juventud, esa sensación conocida, casi apreciada, solo se había interrumpido con Mark. Tenía papel, tenía mis lápices, tengo a John tan cerca como puedo tener a alguien, tan cerca como me atrevo, porque soy una niña herida. No echo de menos nada, tal vez conocimientos.

Entro, me veo por casualidad en el espejo y veo la figura de mi madre, a la que mi cuerpo está a punto de parecerse, como si yo fuera barro en un molde.

Me meto a pesar de todo en el taller y me paso la noche pintando a carboncillo, no erguida frente al lienzo en postura ofensiva, sino inclinada sobre el grueso papel, encerrada en torno a mí misma, el sonido del carboncillo resulta tranquilizador. Me dibujo como mi madre en el espejo y descubro su boca, que habla y dice que ha sufrido mucho por mi culpa.

Al día siguiente me despierto tarde y me preparo para ir al bosque, estoy a punto de coger el camino de siempre, pero cambio de idea, giro a la derecha y me dirijo a la calle Arne Brun. Aparco donde suelo aparcar, es lunes, a las doce y media. El trabajo de la noche hace que me tiemblen las manos, me tiemblan incluso cuando las tengo quietas entre las rodillas. La calle parece tranquila, ¿pero por qué están vigilantes los árboles? Me bajo del coche, cruzo a la otra acera y no oigo más sonidos que mi respiración agitada, ningún coche a lo lejos, ningún tranvía, rodeo el edificio con ojos y oídos alerta, me deslizo a lo largo de la pared, por debajo de la primera terraza, luego por debajo de la segunda, mis pasos no se oyen, la hierba y la tierra están blandas, doblo la esquina y se abre un espacio con muebles de jardín, columpio, bicicletas junto a la pared y tres enormes contenedores para papel, restos de comida, y restos no reciclables, detrás hay una puerta. No está cerrada, la abro y entro en el portal, cierro la puerta detrás de mí y escucho, todo silencioso como en una tumba, aunque no sé nada de eso. Me acerco sigilosamente a los buzones y encuentro el de mi madre entre los demás, pero por el orden no puedo saber en qué planta vive. Hay un ascensor, mi madre lo usa, elijo la escalera. No hago ruido, si me encuentro con alguien saludaré normalmente con un movimiento de la cabeza, nadie me preguntará qué hago allí, en este edificio deben de vivir unas veinte personas, seguramente más, porque la mayoría comparte la casa con alguien, mi madre no, yo no. Veo su nombre en la tercera planta, en la puerta de la derecha, entonces podré ver su terraza desde el coche si aparco al lado izquierdo, a veinte metros de la entrada, si oigo la puerta daré la vuelta, bajaré corriendo, y ella no tendrá tiempo de verme antes de que yo haya salido. Paso por delante de su puerta, subo a la cuarta planta y luego al ático, donde me siento en la escalera, ¿a qué estoy esperando? ¿Un chasquido en la puerta de mi madre? ¿Y luego? Ningún chasquido, vuelvo a bajar al tercer piso y miro la puerta. Detrás de esa puerta está ella. Ruth la ha traído a casa de camino al trabajo, ahora está viendo documentales de naturaleza de África o hablando por teléfono con Rigmor, acerco la oreja a la puerta y escucho, pero no oigo nada, llamo a la puerta y subo corriendo al ático, me tumbo en el suelo y miro hacia abajo, a la escalera, suena la puerta de mi madre, no veo nada, solo oigo, oigo a mi madre decir un hola tentativo, pero nadie responde. Se acerca a la escalera, se agarra a la barandilla, veo sus manos en la desgastada madera, viejas y arrugadas, pero con el mismo color de esmalte de uñas de siempre y el mismo anillo con la piedra roja, mi madre mira hacia abajo, veo su pelo, rojo, pero canoso por las raíces, me echo hacia atrás por si mira hacia arriba, no respiro, oigo que la puerta se cierra, pero no puedo estar segura, tal vez quiera engañarme, hacer como si la cerrara, pero se queda en el felpudo esperando. No me levanto, he hecho bien, porque al cabo de unos segundos oigo que la puerta se abre de nuevo, porque alguien había llamado, ¿no?, ahora tiene miedo de habérselo imaginado, miedo de estar empezando a desvariar y delirar como hace la gente mayor. Perdón, murmuro cuando cierra la puerta, sin embargo, me quedo tumbada un rato antes de levantarme para estar segura, ¿segura de qué? Por fin, tras diez o quince minutos, bajo sigilosamente, paso por delante de su puerta, sigo, casi sin un sonido, y salgo por la puerta verde trasera. El jardín de detrás de la casa está vacío, sé cuál es la terraza de mi madre y salgo por el otro lado del edificio. El coche está aparcado de modo que si mi madre se asomara por la terraza podría verlo, pero ¿por qué iba a hacerlo? Porque alguien acaba de llamar a su puerta y no había nadie fuera. Mi madre sabe que vivo en la ciudad, le llegó como un susto. Voy en dirección contraria al coche, doblo la esquina y me meto en la calle Arne Brun por el otro lado, me enrollo bien la bufanda al cuello, voy andando encorvada junto a la fila de coches hasta llegar al mío, me subo y me marcho.

Voy camino del bosque y llego en medio de la oscuridad, la luna está verde y cuelga como un columpio en el cielo, hago fuego, me acuesto y duermo profundamente, sumergiéndome dentro de mí misma, no sin miedo pero confiada, porque tienes que querer y atreverte a hacer lo que tienes que hacer. Por la mañana me tomo un café y ando lejos para llegar más cerca. Sale humo del suelo y de los pantanos amarillos, los encorvados pinos lucen pálidos en la lluvia ligera, con capuchas de niebla gris y un olor que recuerda a tuétano, el musgo brilla y los helechos huelen a amargo, saludo a la piedra roja y al pino más alto, que llega a la rendija azul de cielo, el viento habla y las piñas caen de los pinos, ramas podridas se rompen bajo mis pies, y los cuervos se agrupan en bandadas que gritan, salgo de mi sendero y sigo por otro, una franja estrecha con curvas muy extrañas, ando mucho rato, ya en casa, dejo la ropa interior de invierno en remojo toda la noche, y por la mañana la aclaro tres veces, como me enseñó mi madre, lo tengo grabado a fuego.

En cuanto salgo de ahí tengo la sensación de perder luz, es octubre, por la mañana temprano, me dirijo a la calle Arne Brun, donde llego sobre las nueve, aparco de modo que el coche no se vea desde la terraza de mi madre o desde sus ventanas, pago el aparcamiento, me cuelgo el bolso al hombro, cruzo la calle y ando a lo largo del edificio del lado contrario al piso de mi madre, hay una suave lluvia en el aire. Me paro junto al jardín de atrás, que reposa tranquilo vigilado por los árboles, las puertas de las terrazas están cerradas, ninguna ventana abierta, es demasiado temprano, y hace demasiado frío, cruzo la plazuela hasta el seto de tuyas que va a lo largo de la verja que da a la finca vecina, y me meto dentro. Encuentro un lugar apropiado y me hago una cueva, despliego la manta y me envuelvo en ella. No puedo reabrir el silencio, tengo que reabrir el silencio, no me puedo meter en esto, tengo que meterme en esto. Pertenezco a este seto, huele a infancia y a tierra, tengo el mejor escondite de todos, nunca me encontrarán, estoy hibernando, intensificando el tiempo, como una persona a punto de abandonar este mundo, el tiempo se detiene detrás de mí, yo reposo sin hogar en mi hogar, inmersa en un estado de inactividad. Es domingo, domingo.

Recuerdo: cuando pinté *Como en casa, en ningún sitio,* y se lo regalé a mi madre para su cumpleaños, aquella mañana al despertarla, tenía que ser en otoño, tal vez en esta época de ahora, Ruth no estaba allí, creo, tenía que ser en primero de primaria, cuando mi padre se había ido al despacho y yo iba al colegio, ella me abrió la puerta, yo salí a la escalera y ella se inclinó y me susurró al oído: Mi niña especial.

Después lo dijo por lo menos tres veces sin que nadie la oyera cuando yo había dibujado algo que a ella le gustaba, mi niña especial, luego dejó de decirlo, cuándo y por qué no lo sé, y nunca más lo volvió a decir.

La puerta verde chirría, pesa mucho y se abre despacio, sale un hombre mayor con una bolsa de compra de las tiendas Kiwi en la mano, se acerca al contenedor de residuos ordinarios, levanta la tapadera con dificultad y tira la bolsa dentro, la oigo dar contra el fondo, como si el contenedor estuviera vacío. El hombre vuelve a entrar por la puerta por la que ha salido. Yo estoy encogida en el seto de tuyas, viéndolo todo con una claridad irreal. Las pequeñas gotas de lluvia sobre las verdes briznas de hierba, un trozo de cielo entre las hojas oscuras que parecen de cera cuando echo la cabeza hacia atrás, una rendija de sol otoñal sobre algo que brilla en la tierra: un tesoro. Alargo la mano y desentierro una chapa de Tuborg color plata, es vieja y quizá muy valiosa, al menos significa buena suerte. La aprieto en la mano y recuerdo algo en un instante encendido, luego la puerta chirría y el recuerdo se desvanece como los sueños nocturnos vuelven a la cámara acorazada donde los creé, mi madre sale con una bolsa de Coop en la mano. No lleva ropa de abrigo, solo va a tirar la bolsa, pantalón oscuro, jersey gris de lana de cuello alto, el pelo recogido en un moño como antes, se dirige al contenedor de residuos ordinarios. Lleva la bolsa en la mano izquierda e intenta levantar la tapadera con la derecha, pero pesa y no consigue levantarla lo suficiente como para tirar la bolsa, se pone de puntillas, pero no tiene la suficiente fuerza en el brazo, deja la bolsa para levantar la tapadera con las dos manos, la agarra, la levanta, vuelve a ponerse de puntillas, la tapadera tiembla, los brazos de mi madre tiemblan, se estira un poco más, empuja, suelta, y la tapadera se bambolea unos segundos vibrantes antes de caer hacia atrás. ¡Lo ha conseguido! Echa triunfante la bolsa por el borde, formando un obstinado arco, y se va sin colocar la tapadera en su sitio.

Lo voy asimilando, cierro los ojos para digerirlo, entro en estado de hibernación y pierdo la noción del tiempo, me hundo dentro de mí misma hacia la tierra y a todo lo enterrado, se abre la puerta verde y sale un hombre joven, va donde están las bicicletas, abre con su llave el candado de una moderna bicicleta todoterreno y la saca, yo enrollo la manta y la meto en la bolsa, salgo tranquilamente del seto y me acerco sin miedo al contenedor, antes he tirado algo que no debo tirar. Casi le doy la vuelta y me pongo a hurgar entre las bolsas, solo hay una de Coop, la cojo y vuelvo a poner en pie el contenedor, coloco la tapadera y salgo por donde he entrado, elijo la planta trece. Veinte minutos después saco la llave, abro y entro en el taller. La bolsa de Coop no huele a basura, vierto el contenido sobre la mesa de trabajo, y me pregunto si me estoy acercando o distanciando. De repente se pone a llover, el cielo baja hasta las claraboyas del tejado del taller, sobre el rollo de papel higiénico, la bolsa de orejones que en realidad debería estar con el plástico, cáscaras de huevos y de cebolla que deberían estar con otros restos orgánicos, una lata vacía de tomate triturado, el envase de un cuarto de kilo de carne de cerdo picada, y me vuelve la mesa de la cocina y las cortinas de flores amarillas, los libros de los deberes, el olor a cebolla frita y la cacerola de espaguetis hirviendo, mi madre saca uno con el tenedor y lo lanza contra los azulejos de detrás del fogón, si cae, no está hecho, si se queda colgando está al dente y estupendo. Dos velas pequeñas consumidas y finalmente una bolsa de aspiradora llena, debajo de ella, una taza de porcelana china rota, oh qué miedo. Yo tenía once años y estaba sola en casa, algo muy raro, mi madre siempre estaba en casa, aquel día no, no sé por qué, tal vez estuviera en el centro con

Rigmor. Sola en casa y el salón en silencio, solo susurraba el gran armario antiguo. Allí estaban las botellas de por la noche de mi padre, allí estaban los bombones. Desde la ventana grande veía la entrada de coches y la calle, si mi madre venía, la vería a mucha distancia. Fui a por la banqueta de la cocina para no tener que estar mucho tiempo de puntillas, no quería hacerlo deprisa y con impaciencia, sino disfrutarlo. Me subí a la banqueta y abrí la puerta hacia lo prohibido, el bote de cristal con chocolatinas de menta rosas, malvas y blancas, no las habrían contado, ¿no? Me metí una de color rosa en la boca con el fin de no torturarme con vacilaciones, la calle estaba desierta. Si mi madre aparecía en la curva, no llegaría a la puerta antes de que yo hubiera acabado, sería capaz de tragar todo en un santiamén. Cerré los ojos para mantener alejadas sensaciones perturbadoras. Chupar la crujiente capa exterior glaseada, luego el chocolate, después el relleno de menta, tardando todo lo que pude, me tambaleaba suavemente en la banqueta y me desperté cuando se acabó la menta, pero el fuerte sabor permaneció un buen rato en la boca, la calle seguía desierta. En el estante de debajo del bote de las chocolatinas estaba el juego de té de porcelana china que mi padre había heredado de los abuelos de Bergen, y que solo se sacaba en Nochebuena y el Diecisiete de Mayo, los mayores tomaban café en él, con la finísima tetera decorada con dragones pintados y mujeres con grandes flores en el pelo, que nunca se usaba. Encima del juego de porcelana estaba la caja de bombones, la saqué, abrí la tapa y vi que quedaban tantos que sería muy difícil descubrir que faltaba uno, si es que no estaban contados, corrí el riesgo, cogí uno relleno de caramelo, cerré la caja, volví a guardarla, cerré los ojos y me concentré. Mordí el chocolate con los dientes incisivos, lo chupé lo más despacio que pude, saqué el caramelo del trozo de chocolate con pequeños movimientos de la lengua, la boca me ardía de tanto dulce, noté que me tambaleaba de placer y perdí el equilibrio, intenté agarrarme al armario, toqué una taza que cayó y se hizo añicos, me desperté con el mundo de ayer en pedazos entre las patas de la banqueta, de repente fría. La entrada de coches seguía vacía, la larga calle estaba soleada y somnolienta, como si nada hubiese ocurrido, esperaba que mi madre no llegara nunca. Fui corriendo a la cocina con la banqueta, saqué la escoba y el recogedor, volví al armario a toda prisa, miré por las ventanas, cogí los trozos más grandes con las manos, los más pequeños con la escoba y el corazón golpeando, no podía tirarlos a la basura, encontré una bolsa para el pan, los metí en ella, la até, corrí a mi habitación y la escondí debajo del edredón, me acerqué de nuevo a las ventanas, la entrada de coches seguía vacía, conté las tazas del armario, doce, entonces habría trece, cogí el plato número trece, volví a mi cuarto y lo metí en la bolsa de debajo del edredón. No recordaba que hubiésemos sido nunca trece en la mesa, pero tal vez lo fuéramos para mi confirmación dentro de cuatro años, si no antes, al menos se descubriría entonces. Sería mucho tiempo de inquietud. Pero podría descubrirse antes, ya mañana, quizá hoy, tenía que estar preparada cada hora del día, cada minuto. A veces, mi madre traía a amigas a casa, y aunque raramente eran más de cuatro, no me extrañaría que contara las tazas antes de poner la mesa para tranquilizarse, como yo contaba todo para tranquilizarme, los escalones que subían al puente que cruzaba la carretera grande, veintiuno, los escalones que bajaban del primero al bajo, catorce, para mantener el mundo en su sitio y en orden; lo que cuentas una y otra vez se queda en tu cabeza, al contrario que bombones y chocolatinas, cuyo número cambia constantemente. La entrada de coches estaba vacía. Nadie más que yo podía haber roto la taza. Ruth era demasiado pequeña. ¿Pero dentro de tres años también podría ser sospechosa? No, era yo la que hacía que las tazas se rompieran, que se rompieran los corazones, rompí sin querer el cepillo de espejo de mi madre, y ella dijo que le había roto el corazón, era yo la que hacía retorcerse los cerebros. Tú me irritas el cerebro, decía mi padre. Tienes el cerebro retorcido, dijo un día. En el colegio nos habían puesto de deberes dibujar nuestra casa, todos teníamos que dibujar el lugar donde vivíamos, yo estaba sentada en la mesa de la cocina con mi dibujo de la casa ya terminado, y había escrito «nuestra casa» debajo cuando entró mi madre, se inclinó por encima de mi hombro, respirando como con dificultad, era invierno, y oscura la noche al otro lado de las ventanas, en las que vi reflejada la cara de mi madre, la oscuridad se había colado en sus ojos, en los que tenía clavados los míos, muerta de miedo, llegó mi padre, apareció de repente detrás de mí, pude verlo en la ventana en contraste con la oscuridad del invierno, más grande de lo que lo veía siempre, grande como un abeto, mi madre dio un paso hacia un lado, mi padre cogió la hoja, la miró y preguntó qué significaba, la oscuridad penetró en mi cabeza, la oscuridad de fuera penetró en mi boca, me tragué la oscuridad. Esta es nuestra casa, dijo mi padre. Este es el aspecto que tiene nuestra casa, dijo mi padre, y entendí que tenía que abandonarla inmediatamente, pero no tenía adónde ir, tienes el cerebro retorcido, dijo mi padre, arrugó la hoja y salió de la habitación, así lo recuerdo. Mi madre cogió la hoja y la tiró, me dijo que me fuera a la cama, iría a verme cuando me hubiera acostado. Aturdida, me lavé las manos y la cara como estaba establecido, me cepillé los dientes, me desnudé y me metí debajo del edredón, mi madre entró y se sentó en el borde de la cama, encendió la lámpara de la mesilla y dijo: Puedes dibujar la casa ahora si te das prisa. Así podrás entregar los deberes mañana. Sacó un bloc de dibujo y la caja de lápices de colores y me puso todo sobre las rodillas, yo me incorporé en la cama, ella volvió a sentarse. Sabes que nuestra casa es amarilla, dijo, me dio el lápiz amarillo y dibujé la casa en la que creían vivir mis padres, amarilla con marcos blancos en las ventanas, puerta blanca y cortinas con flores amarillas en la ventana de la cocina, el manzano, dijo mi madre, yo dibujé el manzano mientras mi madre seguía mi mano, el grosellero, dijo mi madre, yo dibujé el grosellero con las grosellas aún no maduras, y me fijé en que los ojos de mi madre se desplazaban de mi mano al suelo, como observando de cerca un agujero en la madera, con aspecto infeliz, yo dibujé un gatito en los escalones de fuera y había terminado. Mi madre dio un respingo, como si estuviera despertando de un mal sueño, y volvió a ponerse la cara, déjame verlo, dijo, le di el dibujo y ella pareció contenta, señaló el gato con un dedo y preguntó qué era. Un gato, dije, no tenemos gato, dijo mi madre, pero puede que tengamos uno, dije, yo quería tener un gato. Mi madre dijo que al dibujar un gato, el profesor podría pensar que teníamos uno y eso sería mentir, yo dije que podía ser un gato de visita, ella me dio la goma de borrar y yo borré el gato. Ya, dijo mi madre, apagó la luz y salió de la habitación.

Coloqué las tazas de modo que la persona que abriera el armario no notara que faltaba una, procurando que no quedara un hueco de una taza rota que llamara la atención de mi padre cuando se dispusiera a tomar su coñac de los sábados. Nadie en la entrada de coches. Bajé, salí, y me quedé un rato en los escalones de fuera, cerré los ojos, volví a abrirlos como mi madre, y entré de nuevo en casa como mi madre, dejé el bolso de mi madre en la silla donde ella solía dejarlo, subí la escalera como mi madre y me cepillé el pelo como solía hacer mi madre, me sentía como mi madre, confluíamos, eché una mirada al salón como mi madre, y los ojos de mi madre se posaron en el armario, pero el armario hizo como si nada, no había rastro de delito en el suelo, vi llegar a mi madre por la calle, pero despacio, porque llevaba a Ruth de la mano. Me apresuré hasta mi habitación y cogí la bolsa de debajo del edredón. Era martes y hasta el domingo no se cambiarían las sábanas, coloqué la bolsa entre el somier y el colchón, me senté en la cama y oí romperse el plato, di unos saltos sobre el colchón y me pareció oír que los trozos se hacían añicos, por la noche sacaría la bolsa, la metería en el fondo de la mochila y la tiraría al basurero de la parada del autobús camino del colegio. Si mi madre, en contra de mis suposiciones, se sentara en el borde de mi cama esta noche, algo que no solía hacer, ¿notaría la bolsa? Alisé la colcha, me senté encima de la cama, como mi madre, y no noté nada, pero seguro que mi madre era como la princesa del cuento de la princesa y el guisante. No se me ocurrió un escondite mejor hasta que oí la puerta de abajo. Dejé la mochila encima de la cama, saqué el libro de Noruego y me senté junto al escritorio, subían despacio la escalera, porque mi madre llevaba a Ruth de la mano. Mi madre me llamó, dije que estaba haciendo los deberes. Fueron a la cocina, colocaron la compra, al cabo de un rato me uní a ellas y dije que quería ir a la pista de tenis a ver los partidos. Ella preguntó cómo me había salido el examen de Geografía, por eso había llegado pronto a casa, porque el examen de Geografía me había salido bien y lo había acabado enseguida, me sabía todas las ciudades noruegas desde Kristiansand hasta Hammerfest por orden de situación geográfica. ¡Bien!, dije y mi madre me preguntó si era capaz de nombrar las ciudades de Kristiansand a Hammerfest por orden de situación geográfica, lo hice, Ruth estaba sentada debajo de la mesa de la cocina mirándome boquiabierta, estaban las dos impresionadas, así lo recuerdo, no tenía el cerebro retorcido, ven aquí, dijo mi madre, yo era su niña especial, me hizo una trenza con dedos cariñosos, yo había heredado el pelo de mi madre, el fuego de Hamar.

Aquella noche, cuando mi madre vino a darme las buenas noches, como solía hacer, se quedaba en la puerta y decía: Buenas noches, Johanna, como una rima que no rimaba, antes de cerrarla, el día de la taza de porcelana china, entró en la habitación y sentí frío, mi madre lo había descubierto y tendría que decírselo a mi padre, que estaba sentado en el salón, viendo la televisión. Estaba junto al borde de mi cama con pocas ganas de decir lo que iba a decir, yo quería que lo dijera enseguida para no tener que esperar, ella se sentó en el borde de la cama sin saber que estaba sentada sobre la taza que faltaba, y que estaba hecha añicos. Me acordé del día que nos enteramos de que había muerto el tío Håkon. Mi madre se sentó en el borde de la cama y me preguntó si estaba triste, yo no sabía muy bien qué contestar, ladeé la cabeza e intenté parecer triste. Así es la vida, dijo mi madre, y se fue, lo recuerdo textualmente, aunque no es algo digno de ser recordado. El día de la taza de porcelana china también entró y se sentó en la cama, la taza no sonó, pero era porque la sangre se me había helado en los oídos, la puerta estaba abierta detrás de ella, y la lamparita de la cómoda de la entrada seguía encendida, casi nunca lo estaba, mi madre solía apagarla antes de abrir la puerta de mi habitación y decir buenas noches, Johanna, ella me preguntaría por la decimotercera taza, estaba sentada sobre sus restos, y dijo, recuerdo las palabras exactas aunque no sea algo digno de recordar. «Hoy, volviendo del centro a casa, vi un gran pájaro amarillo». No sabía lo que quería que yo dijera. Me miró, como meditando, y dijo, como preguntando, que no podía ser un periquito, porque era muy grande. Yo seguía sin decir nada, ella estuvo sentada sin moverse durante lo que me pareció una eternidad, luego dijo bueno, bueno, se levantó y salió de la habitación.

En ese momento no sabía el alcance de aquello. Mi madre no se fiaba de sus sentidos, mi madre dudaba de lo que veía, y no podía compartirlo con mi padre, porque él habría dicho que tenía el cerebro retorcido. Si mi madre le hubiera dicho a mi padre que había visto un gran pájaro amarillo, mi padre habría dicho que estaba loca, que no era normal. Mi madre me habló del pájaro el día en que se rompió la decimotercera taza.

Ya solo quedan once tazas de porcelana china en el armario de mi madre, a no ser que se hayan roto más tazas desde que yo rompí la decimotercera, quizá ella rompa tazas de porcelana china con frecuencia, ya solo le pertenecen a ella, me la imagino estrellándolas con fuerza contra el suelo, un espectáculo liberador, mi madre diciendo palabrotas, mi madre is cleaning up the closet, ¿pero contra quién rabiaba? ¿Contra mí? Mi madre ha tenido mucho cuidado al recogerlos, todos los trozos están ahí, uso gafas de aumento y pinzas, y los pego, pinto las uniones con pan de oro líquido, y la bautizo con el nombre de *Pájaro amarillo*.

Siguieron unos días fríos y húmedos. La niebla se colaba por el fiordo y se posaba sobre los barcos, de modo que solo las chimeneas quedaban a la vista, amortiguando todos los sonidos. Yo añoraba el cielo y quería subir a la colina para verlo, no obstante, conduje hasta la calle Arne Brun, aparqué en mi sitio de siempre, que estaba vacío, y me di un cuarto de hora. La calle estaba tan tranquila como siempre, era un sábado por la mañana, gris, triste, frío, ¿pero no era el coche de mi hermana el que estaba aparcado en el lado derecho, un poco más adelante, o solo me lo parecía porque era rojo? Se abrió la puerta de la escalera de mi madre y salió Ruth. Mantuvo la puerta abierta para la persona que iba detrás de ella, mi madre. Ruth la cogió del brazo, se acercaron lentamente a la acera y se volvieron las dos a la vez en mi dirección, sabían adónde se dirigían, cada paso que daban estaban más cerca de mí sin saberlo, Ruth con la cabeza inclinada hacia la de mi madre, era mucho más alta que ella, más alta que yo, mi madre parecía más baja cogida del brazo de Ruth, que iba hablando. Por la expresión de cara de mi madre, parecía que la estaba riñendo, pero yo no soy una observadora imparcial. Cogida del brazo de Ruth, daba la impresión de ser incapaz de andar sin ir agarrada a alguien, mi hermana, un extraño espectáculo, adónde irían.

Pasaron por delante de mi coche sin saber que yo estaba dentro, bajaron la calle ignorantes de mi presencia, no la olfatearon a pesar de lo tremendamente presente que me sentía, Ruth y mi madre, cogidas del brazo andando por la acera como si nada, mientras yo les enviaba pensamientos ardientes, giraron a la derecha en el cruce, me importó un bledo el pago del apar-camiento y me bajé del coche, sabían que yo estaba en el país, pero no se les ocurría pensar que pudiera estar cerca, hasta tal punto habían logrado alejarme de sus corazones. Yo las seguía a treinta metros de distancia, hacía frío, no resultaría extraño en-volverse en una bufanda, ellas iban envueltas en bufandas, Ruth en una gris, mi madre en una verde, bajando la calle ¿hacia qué? Madre e hija cogidas del brazo, una, como una versión más jo-ven de la otra, como yo misma, una variación de la misma for-ma, con chaquetones oscuros, el de mi madre, verde, el de mi hermana, gris, y unas prácticas botas planas, mi madre con un gorro verde, siempre verde por el pelo rojo, igual que el mío. Mi hermana no llevaba gorro, mi hermana tiene el pelo cano, mi her-mana llevaba una mochila a la espalda, ¿qué contiene? Cogidas del brazo bajando por una calle por la que no he ido nunca y cuyo nombre desconozco, yo soy la hija pródiga que ha vuelto a casa, pero no hay nadie para recibirla, solo yo. Volví a casa para buscar, y el que busca encuentra, pero no lo que busca. Giran en el siguiente cruce y entonces caigo en la cuenta. Van al cementerio, van a visitar la tumba de mi padre.

Queda lo peor, pero lo más largo está hecho. Mi padre ha muerto, y yo creía que mi madre había muerto dentro de mí, ¿por qué quiero resucitarla? ¿Es eso lo que quiero? Si quería estar alegre y contenta, tenía que olvidarme de mi madre y de mi padre. Decirle a mi corazón que se tranquilizara detrás de las costillas, ¡no te retuerzas tanto, corazón! Pronto iré donde está mi verdadera madre, el bosque en el que he construido mi nido.

Ruth y mi madre cogidas del brazo caminando treinta y cinco metros por delante de mí, como dos acompasadas figuras de luto. ¿Cuánto tiempo hace que murió mi padre? Caminan como si mi padre hubiese muerto anteayer, caminan como si estuviesen de luto, y eso no tiene nada que ver conmigo, ellas necesitan un dolor puro en la vida y se han fabricado uno, visitan la tumba de mi padre todos los sábados por la mañana, haga el tiempo que haga, es un ritual que confirma y consolida ese pacto del que las dos dependen, pero de distinta forma, ambas se encuentran de distinto modo en el pacto, pero no hablan de ello, de las condiciones y requisitos del pacto, yo qué sé. Mi padre murió, pero mi madre no se liberó, no quería ser libre, no se atrevía, siempre había estado dirigida por alguien y se dejaba dirigir, dependía de mi hermana y no era capaz de despegarse de ella, y la quería, claro que sí, yo veo lo que quiero ver. Hay lluvia en el aire, el cielo está pesado, cuelga hasta el suelo con su peso, y los árboles del cementerio están pobres sin hojas y con las ramas separadas, tristes e inválidas hacia la niebla como dedos quemados, mi madre y Ruth se mueven titubeantes entre las lápidas, como si acabaran de recibir el triste mensaje de que mi padre ha muerto, necesitan ese ritual de duelo, les hace sentir algo, ¿el qué? Solidaridad, acuerdo sobre la historia, así fue, verdad, sí.

El cementerio está casi vacío, solo se ven figuras parecidas a ellas, paradas o andando, ligeramente cabizbajas, afligidas, o a mí me lo parecen. Mi hermana y mi madre saben a dónde se dirigen, mi mirada seguro que es más vaga que las suyas, aunque estoy inusualmente concentrada. Hace menos frío conforme nos vamos adentrando, cuanto más espesos son los grandes árboles, cuyas ramas de arriba más finas no vemos a causa de la niebla. Los ásperos troncos de abedul dan calor, y también los arbustos altos con hojas color vino que mantienen el color durante todo el invierno, entre ellos hay viejas tumbas, como venerables, parcialmente cubiertas de musgo, algunas con pilares y estatuas, el señor Fredrik Holst, director, se encuentra a mi derecha, ¿es aquí donde está enterrado mi padre? No he pensado en que mi padre tenga una tumba, no vine a su entierro, ahí acaba la historia para mí, pero ahora comprendo que es extraño y antinatural, quizá abominable, que ni por un instante durante todos estos años me haya preguntado dónde está enterrado mi padre, dónde está su tumba. También es una de las razones por las que ellas no quieren tener contacto conmigo, porque no he mostrado interés por la tumba de mi padre. Pero ahora estoy aquí.

Ahora no hablan, miran al frente, sus cuerpos irradian concentración, se están acercando a su destino, aceleran un poco el paso, rodean un banco, yo me detengo junto al arbusto de detrás, veo justo por encima del banco que se han detenido junto a una lápida relativamente nueva, veo la lápida, y a ellas al lado.

Ruth se ha quitado la mochila y se ha agachado a recoger las hojas y las flores marchitas, no se pone guantes, quita las agujas que caen de los árboles de alrededor, un papel y una vela consumida, se inclina sobre la mochila y saca una pequeña corona de musgo y brezo, no es redonda ni tiene forma de corazón, parece un alfiler de corbata, es porque estamos al lado de la tumba de mi padre. Mi madre está inmóvil, con la mirada clavada en la lápida, ¿en qué está pensando? Ruth saca una vela para la tumba, sin mirar a mi madre, está acostumbrada a que mi madre esté así cuando visitan la tumba de mi padre, como petrificada. Me sorprendo a mí misma deseando que por fin mi madre hable con severidad a mi padre. Ruth enciende la vela, la coloca delante de la lápida, mueve la corona para que quede bien con relación a la luz, mira su obra, se limpia motas y tierra de las manos, coge los guantes, pero no se los pone, echa un vistazo a mi madre, que permanece inmóvil, desde donde estoy parece que tiene los ojos cerrados. Recuerdo la única vez que vi a mi madre en oposición a mi padre, fue en el período de la niña especial, cuando yo tenía la sensación de ser vista, estábamos solas en la cocina, mi madre junto al fogón, yo sentada en la mesa dibujando. A ella le gustaba que yo dibujara, me invitaba a dibujar, me contó que en el colegio ella era la mejor de la clase en dibujo, y me enseñó a dibujar rosas, hoja por hoja, desde fuera hacia dentro, y me dijo con una mirada que yo interpreté como chistosa: Puedes dibujar a la abuela Margrethe.

Se colocó detrás de mí, inclinándose de tal modo que notaba su trenza en el cuello como una caricia. Dibujé la marcada raya en medio, los ojos severos, el voluminoso broche en el pecho y luego la boca torcida hacia abajo, entonces llegó mi padre, y mi madre se estremeció, mi padre vio el dibujo y se le enturbió la vista, mi madre se puso pálida, no tenía nada que ver con aquello, no respetas nada, le dijo mi padre, cogió la hoja y la rompió, yo me fui a mi cuarto, oía hablar a mi padre antes de que todo se quedara en silencio, y me imaginé a mi madre soltándose el pelo y dando la espalda a mi padre, pero quizá me lo estoy inventando, porque lo necesito.

Ruth mira de reojo a nuestra madre, que parece estar suspirando, inspira y expira deprisa, como decepcionada. Recoge todo y lo mete en la mochila, lo ha hecho en muchas ocasiones, una vez a la semana durante catorce años, acompañada por nuestra madre, y sabe dónde tirar la vela consumida de la tumba y las hojas marchitas, a menos de un metro de donde me encuentro, así que lo oigo caer dentro del cubo, deberías saber que la niña especial está detrás del arbusto observándote. Ruth se acerca a nuestra madre y se coloca a su lado, permanecen así unos segundos, y Ruth la rodea con un brazo. Mi madre se despierta como para derrumbarse, sacude la cabeza y dice algo que yo también oigo: bueno, bueno.

¡Pero déjame ver tus ojos! ¡Tus grandes ojos oscuros! ¡Son fríos, lo sé! ¡Pero déjame verlos, déjame mirar muy dentro de ellos, por si en el fondo hubiera un pensamiento para mí, un minúsculo buen pensamiento para mí!

La niebla baja y empieza a llover. Ruth se quita la mochila y saca un paraguas plegable, ha pensado en todo. Lo abre, mi madre se mete debajo y las dos caminan aún más juntas y más despacio. Gotas grandes como uvas estallan en mi cabeza, me bajan por el cuello y la nuca y se me meten por la tirilla, Ruth y mi madre no vuelven por el mismo camino, rodean el gran árbol de detrás de la lápida, y la niebla se posa como un tejado. Las dos desaparecen bajo el paraguas negro, que se mece ligeramente como un fantasma, como la muerte en una película de

Ingmar Bergman, una muerte torpe, retorcida y agotada, una muerte aterradora, yo no persigo esa muerte. Me siento en el suelo, de espaldas al arbusto, y noto que la humedad atraviesa el pantalón y las bragas, como en los viejos tiempos. Estoy sentada bajo la lluvia en el cementerio donde él está enterrado, hurgando en la tierra en busca de un azulejo de baño, preferiblemente azul, mientras la lluvia cae ruidosamente, con más peso que la lluvia corriente, y el cielo está más gris de lo que suele estar cuando llueve.

Un día cumplí doce años y la abuela Margrethe, madre de mi padre, que a veces venía de visita como la reina de Bergen, haciendo enrojecer el fuego de Hamar, me envió por correo un billete de cincuenta coronas. Mi padre me dijo que lo metiera en la hucha, pero no lo hice. Al día siguiente era día de planificación en el colegio, y mi madre tenía médico y tuvo que llevarme con ella, de camino entramos en la papelería, porque mi madre necesitaba comprar papel de cartas, escribía regularmente al tío Håkon y la tía Ågot, de Hamar. La papelería tenía una sección de objetos de dibujo, y me enamoré de una caja de ciento cincuenta lápices de colores, que costaba cuarenta y nueve con cincuenta coronas. Me había llevado el billete de cincuenta. Mi madre dijo, como solía decir mi padre cuando queríamos gastar dinero y no ahorrar: Si todo lo que ves lo compras, cuando los demás rían, tú llorarás. Yo había cumplido doce años, me dije que había cumplido doce años y dije a mi madre que la abuela Margrethe de Bergen había dicho cuando llamó para mi cumpleaños, como solía hacer en todos mis cumpleaños, que podía gastar el dinero en lo que quisiera, no era verdad, pero sí era verdad. En cierto modo, resultaba liberador no ser ya la niña especial, independientemente de lo maravilloso que fue mientras duró. Compré la caja. Mi madre repitió cuando salimos de la tienda: Si todo lo que ves lo compras, cuando los demás rían, tú llorarás.

Cuando dibujaba, me alejaba de lo que era yo misma o como se llame, madre, tal vez.

Cuando dibujo, me alejo de todo lo que soy yo o lo que sea, madre, tal vez.

Voy andando por el camino de debajo de la cabaña y noto una piedra en el zapato. La dejo estar. Tengo una piedra en el bosque, está al final del sendero, donde se abre el prado, es resbaladiza y grande. Cuando le ha dado el sol todo el día, está caliente, a veces me tumbo sobre ella a descansar, pero cuando sigo andando, vuelvo a notar la piedra en el zapato, es mi madre.

Escribo a John: ¿Todo bien por donde te encuentras?

Nada más, espero hasta el domingo, es importante mantener el equilibrio.

Tenía trece años. Volví del colegio y la mesa estaba puesta en el comedor, iban a tener invitados al día siguiente, por suerte, no más de ocho, invitados importantes, ricos, dijo mi madre, nerviosa y asustada, a mí me hacía ilusión que mis padres conocieran a gente rica e importante. En la mesa de la cocina había unas tarjetas cuadradas con los bordes dorados, tarjetas en las que yo escribiría los nombres de los invitados y dibujaría hojas. Mi madre lo dijo como una orden normal y corriente, como si me hubiera pedido hacer la cama o recoger la habitación, pero por debajo de eso vibraba algo que me calentaba el corazón: a mamá le parece que yo tengo la letra más bonita y dibujo hojas más finas que ella, me sentía muy honrada y quería mucho a mi madre. Fui a por la caja de ciento cincuenta lápices de colores pensando que ya podía arrepentirse de aquello de llorar cuando los demás ríen. Mi madre había escrito los nombres de los invitados con letras de molde en una hoja, yo los escribiría con letra artística. Dos de los nombres eran americanos, eran los ricos, si ellos querían colaborar con mi padre, nosotros también nos haríamos ricos, era una cena importante y también las tarjetas eran muy importantes. Mi madre hizo mousse de limón, en el alféizar de la ventana de la cocina había melisa en una maceta, yo debía dibujar hojas de limón en las esquinas. Cogí el lápiz de color turquesa, pero ella quería que pusiera los nombres en rojo. Yo dije que sería más bonito en turquesa, ya que iba a dibujar hojas de melisa del color que son en la realidad, pero también podía dibujarlas de color rosa. ¿Rosa?, dijo ella boquiabierta, las hojas de melisa son verdes, dijo, cogió la maceta del alféizar y me la puso delante, lo ves, sí, dije, ¿pero son rojos los nombres? Mi madre me miró, algo insegura, esperó un instante y dijo: yo soy la que decide, yo soy la que va a organizar la cena. ¿No es en realidad papá?, dije, trece años y descarada. No me respetas, dijo ella, en un tono duro, no respetas a tu madre, dijo, en tono cortante, como mi padre; yo escribí los nombres con letras artísticas. Y las hojas de melisa en las esquinas, dijo ella más suave ya, yo dibujé una hoja de melisa en una esquina, no se parece, dijo, sí, dije, no, dijo, mira, dijo, arrancando una hoja de la planta y poniéndomela delante, al final dibujé las hojas de melisa de la manera que mi madre quería que las dibujara. ¿Quieres una galleta de chocolate?, preguntó. Negué con un gesto de la cabeza. ¿No? No, no quiero, dije, eso era lo que había notado en la garganta, me hizo bien librarme de ello.

No quiero, no quiero, dijo mi madre, eres muy negativa. Resulta difícil querer a personas que son tan negativas. La princesa no quiere, dijo mi madre, como en el cuento, no le va bien.

Para Navidad, la abuela Margrethe Hauk, de Bergen, me dio cien coronas. A Ruth le dio cincuenta porque era más pequeña, pero pronto sería lo suficientemente mayor. Cuando estuvimos en el mercado navideño y nos acercamos al puesto del grabador de madera, yo quería comprar un escoplo, mi madre suspiró: Si todo lo que ves lo compras, cuando los demás rían, tú llorarás.

Suena en mis oídos una campana como aquella vez, pero hubo algo antes de eso.

Volví temprano del colegio, habíamos tenido un examen y yo sabía todas las respuestas, porque yo era especial, me fui corriendo a casa para poder estar a solas con mi madre antes de que se fuera a buscar a Ruth, entré en casa a toda prisa y vi a mi madre subida en una silla frente al gran armario antiguo, con el jarrón de porcelana china que la abuela Margrethe les había regalado para la boda en las manos. Hola, dije, mi madre se volvió, me miró y soltó el jarrón, que cayó al suelo y se rompió. Las dos nos quedamos paralizadas, mi madre encima de la silla, yo en el escalón de más arriba de la escalera, el decimocuarto, fue algo increíble, el objeto más valioso de la casa, el orgullo de mi padre y la hipoteca de la reina Margrethe en nuestras vidas.

Mi madre encima de la silla, yo con una mano blanca en la barandilla, el mundo en silencio, el mundo nunca más silencioso, la sangre bajó como plomo del corazón a los pies, en el cerebro aullaban sirenas de policía, incendios, ambulancias.

Mi madre se bajó de la silla, fue con lo que yo interpreté como pasos controlados a la cocina, volvió con escoba y recogedor, y dijo: No creo que tu padre se alegre cuando vea esto. Recogió todo y lo tiró a la basura, de nada servía esconder algo que en todo caso sería descubierto y tendría consecuencias, solo era cuestión de tiempo y de temas de derecho penal.

Me habían pegado en dos ocasiones, no recuerdo los motivos, habría roto algo o dicho alguna impertinencia, cuando llegue tu padre a casa te dará una paliza. Esta vez mi madre no lo dijo, pero estaba en el aire, yo nunca había provocado nada peor que eso. Me quedé tumbada en mi cama esperando, mi madre fue a buscar a Ruth, luego seguramente preparó la comida, el coche de mi padre aparcó fuera, mi padre abrió la puerta del jardín y entró sin que yo oyera los pasos, sonó la puerta de abajo, mi padre subió, mi madre no fue a recibirlo, como solía hacer, yo tenía una loca esperanza de que ella me salvara, entonces supe que eso no ocurriría, mi padre fue a la cocina. Mi madre le contó lo del jarrón en una voz tan baja que no me llegaban las palabras, pero no podía decir que lo había roto adrede, ¿qué diría? Mi padre soltó unos cuantos tacos, dijo «me cago en la leche» y de repente estaba en mi habitación y me ordenó que me levantara, no llegué a hacerlo, me agarró por la barbilla y se inclinó sobre mí gritando: ¿Te das cuenta de lo que has hecho? Hablaba en su dialecto de Bergen, como la abuela Margrethe, con ese gesto en la boca que solía poner cuando ella estaba de visita, esa mezcla de enfado y miedo.

Fue culpa mía. Yo había llegado corriendo y había sorprendido a mi madre, la había asustado, que el momento de la acción durara mucho más de lo que mi padre sabría jamás y de todos modos no creería solo lo sabíamos mi madre y yo, pero mi madre no quería ni saberlo ni recordarlo. Mi madre tenía el jarrón en las manos, tuvo que oír la puerta de abajo, tuvo que oír mis pasos en la escalera, se volvió hacia mí como si esperara verme, me mantuvo la mirada unos segundos antes de soltarlo, un acto voluntario, lo veo como a cámara lenta, recogido de las profundidades del olvido. Me he acordado siempre de ese episodio, una no se olvida de esa clase de episodios, pero no lo había almacenado en la cámara cerebral de la vergüenza y el delito, ahora la película me volvió, y probaba la implicación de mi madre. Pero ya lo sabía entonces, lo *vi*.

Sabía muy bien por qué mi madre quería romper ese jarrón. Yo también quería romper ese jarrón y sobre todo si yo hubiera sido mi madre, que en cierto modo era. Mi madre fue valiente rompiéndolo, eso tengo que reconocerlo, por fin un acto adecuado, un asomo de protesta, pero no fue lo suficientemente valiente, y desde entonces yo le desagradaba porque había visto las dos cosas, las ganas y la cobardía.

¿Mi padre me gritó, mi madre no vino a mi habitación, y sin embargo no perdí la esperanza?

Lo olvidé para poder mantenerla, ¿qué otra cosa habría olvidado con el mismo objetivo?

Llamé a Fred y le pregunté si había podido hablar sinceramente con su madre antes de que ella muriera. Contestó que no había nada de que hablar. Así es como él lo vivió, y pensaba que ella también; había ido a verla muchas veces los días anteriores a su fallecimiento, los dos sabían que se estaba muriendo, y, sin embargo, el silencio reinaba entre ellos, pero no de un modo desagradable. Había silencio entre nosotros, pero no de un modo desagradable, al cabo de un rato dijo que no había entendido lo definitivo que era. Que hasta mucho tiempo después de la muerte de su madre no entendió que ella nunca volvería, que nunca volvería a escuchar su voz. Nunca. Ni siquiera cuando su madre estaba agonizando sabía lo que ello implicaba. Si lo hubiera sabido, dijo, tal vez habría, se detuvo. ¿Tal vez habrías qué?, dije yo, ¿querido el qué? Le habría dado las gracias, dijo él.

Me acordé de esa película de Roy Andersson en la que el vendedor de juguetes está sentado en una triste habitación de hotel escuchando «Mi pequeña Ana bonita, quieres pertenecerme con tu corazón y tu almita, una y otra vez», sobre todo el último verso, que nos acompaña hasta el cielo, mientras le corren las lágrimas. Su colega entra y se sorprende: ¿Por qué lloras? Porque no quiero volver a encontrarme con mis padres en el cielo.

Tenía catorce años. Ese año dejé de comer. Vi una película sobre una chica de mi edad que se crio en un barrio inglés de pequeños burgueses, como hija única de padres preocupados por su reputación. La joven tenía algo salvaje en lo que yo me reconocía, mientras que la amiga con la que vi la película quería marcharse porque no pasaba nada, dijo, pero yo no podía dejar en la pantalla a esa chica a la que sus padres no entendían, pero cuya locura percibían y temían, y a la que llevaron al médico pensando que estaba enferma porque no hacía lo que ellos querían, y decía insolencias. El médico estaba de acuerdo en que a esa chica que le daba la espalda, no contestaba y no mostraba ningún *respeto* debía de pasarle algo, y le recetó pastillas que ella se negaba a tomar y consiguió engañar a sus padres, pero cuando lo descubrieron, el padre se cabreó y sujetó a la chica para que la madre pudiera meterle a la fuerza las pastillas en la boca, pero la chica las escupió, se soltó y salió corriendo de la casa, el padre llamó a urgencias psiquiátricas e ideó con ellos un plan, cuando la hija volvió a casa tarde por la noche, después de haber corrido gritando por los páramos ingleses, como una talentosa hermana de Shakespeare, llegó el personal psiquiátrico en una ambulancia y se la llevó a la fuerza a un apartado edificio que parecía un palacio para chicas como ella, y cuando los padres fueron a recogerla un año después, la chica estaba perfectamente y tomaba sus pastillas sin problemas, bien es verdad que sintiendo indiferencia hacia ella y el mundo, pero tomaba las pastillas, de modo que hubo una especie de final feliz.

Ese año dejé de comer y lo que comía lo vomitaba, como si la comida que hacía mi madre fuera una especie de pastillas que cambiaban la personalidad y reducían mi salvajismo, me provoqué lesiones por los vergonzosos vómitos y adelgacé veinticinco kilos, mi padre no se enteraba de nada, claro está, ¿pero que mi madre pareciera no darse cuenta de nada? Me alegré de ver aquella película, así estaría preparada, ese año dejé de comer, me entrenaba en autodisciplina.

¿Mi madre no lo recuerda? ¿Mi madre no mira hacia atrás?

La estrategia elegida tiene que continuar. Mi madre ha elegido el papel de madre traicionada. Su hija la ha deshonrado en público, exponiendo cuadros con unos títulos inocentes, *Hija y madre 1 y 2,* pero ni la hija ni la madre parecen felices. No obstante, lo peor es: La hija no vino al entierro de su padre.

Así es ella.

¿Pero y por la noche cuando se acuesta? ¿Qué piensa entonces, qué conversación tiene mi madre consigo misma? ¿Consulta sus profundidades?

¿Consulto yo mis profundidades?

No vine al entierro de mi padre porque no fui capaz. Prediqué el evangelio de lo cotidiano. Siempre había tenido problemas con las celebraciones religiosas y solemnes, las fiestas, las ceremonias que mi madre cultivaba, para las que se vestía, se disfrazaba, la vida es un escenario, etc., pero las fiestas domésticas no contaban para mi madre, el día a día dentro de las cuatro paredes y mi mirada intensa no contaban. Muda y llena de envidia, la observaba delante del espejo, excitada porque mi padre y ella iban a una fiesta o la habían organizado ellos. No vine al entierro de mi padre porque me imaginé a mi madre vestida de negro, como una viuda enlutada, con la cara adaptada a ese papel, y porque sabía el papel que me habían adjudicado a mí, el de hija desagradecida, hija desleal, y no me libraría, porque todos los demás seguirían un guion. No vine al entierro de mi padre porque no lo soportaría, y cuando organicé el de Mark, varios años después, fue todo muy modesto, John y yo, un par de colegas, el evangelio de lo cotidiano, etc. Para que John no se sintiera ajeno o presionado, me había dicho a mí misma, pero seguramente fue más bien por mí. Lo consulté con mi madre interior e hice lo contrario de lo que habría hecho ella.

A menudo me he preguntado qué diría mi madre si, en contra de toda suposición, fuera a ver a un psicólogo. Pero no lo hará. No ha cambiado tanto.

La estrategia exige que mi madre se enderece, que esté completamente erguida, ¿pero cuando se tumba y se encoge?

Mi madre me enseñó a dibujar rosas, gracias, se hace desde fuera hacia dentro, gracias, también ella dibujaba muy bien de pequeña, luego las hojas de las rosas que yo dibujaba empezaron a marchitarse y a caerse, y entonces dejé de pintar rosas y de enseñar a mi madre lo que dibujaba, porque sabía más o menos lo que diría: Es infantil interesarse por lo feo. Solo a los niños pequeños les parece valiente decir caca, pedo y pis.

Seguí mi plan y me fui al bosque a pesar de estar empapada, suponía que el cielo en las alturas estaría azul. A veinte kilómetros de la ciudad dejó de llover. Después de subir dos kilómetros por el empinado camino de Kolle, vi un cielo azul, donde aparqué no había llovido, el camino estaba seco. A mitad del sendero salió el sol, y la hora matutina en la ciudad pertenecía ya a una vida anterior. Hice fuego en la estufa de hierro y en la chimenea, me quité la ropa empapada y me puse otra seca, volví a salir, cerré la puerta y crucé el prado hasta la poza donde gira el río, no tan lejos como para no ver el humo de mi chimenea. El musgo estaba todavía fresco y verde, los alisos crecían abundantes con hojas oscuras, el agua del arroyo corría susurrando tranquilizadora por las piedras doradas, y la escasa espuma que se formaba a su alrededor brillaba al sol, el aire era fresco. Detrás de mí, como una protectora pared, y delante de mí, como una promesa, estaba la ondulante oscuridad uniforme del gran bosque de abetos, tan tranquilo como si durmiera profundamente, y me pareció ver lo despacio que se movía la savia en los árboles y en todo lo demás que crecía, brezo, braña y una retrasada campánula azul entre la hierba, se estaban preparando para la helada. Sentí como si la vida se moviera igual de somnolienta e insonora en mi cuerpo, como si el duelo se durmiera dentro de mí.

Tenía veinticuatro años y estaba recién casada. Estudiaba Derecho, como quería mi padre, y por eso también mi madre, y me encontraba más lejos de mí misma que cuando tenía catorce años y me obligaba a pasar hambre, había encapsulado mi rabia porque tenía miedo de lo que podría llegar a ocasionar no encapsulada, lo había aprendido de mi madre.

Era verano e iba en el tren camino de Arendal, el padre de Thorleif cumplía sesenta, creo, Thorleif se había ido antes para echar una mano. Mis padres llegarían en coche al día siguiente, el día en cuestión.

Había elegido un compartimiento para mí sola porque quería leer, llevaba conmigo los libros, ese pesadísimo *Leyes noruegas*, al que me estaba dedicando ese verano para quitármelo de en medio, era una carrera insufrible, quería acortar el sufrimiento. Entró una mujer, que se sentó delante de mí y se puso a mirar tranquilamente por la ventanilla. Sus manos reposaban tranquilas sobre sus rodillas, irradiaba calma, no tendría muchos más años que yo, pero era tranquila, se me ocurrió que nunca me había topado con una mujer tan calmada. Su presencia iluminó el compartimiento, o quizá fuera había ya más luz, se veían ondulados campos labrados y luego de repente bosquecillos con pequeñas lagunas brillantes y azules, y pequeñas islas verdes, la mujer sonreía. Yo intentaba leer, pero mis ojos se movían constantemente hacia el paisaje, y cuando miraba el paisaje no podía evitar mirarla a ella también, con su vestido de verano y su pelo rubio suelto sobre los hombros, sonriente. Justo cuando mis ojos acababan de dejar otra vez el libro, ella abrió la bolsa que tenía a su lado en el asiento, y sacó una minibotella de champán de esas que se pueden comprar en el avión, ¿se la bebería allí? Se acercó a la puerta, la entreabrió, echó una ojeada fuera en ambas direcciones, me guiñó un ojo y dijo que no había moros en la costa, como si se tratara de un juego. Quitó el metal del cuello de la botella, y la descorchó, sonó un plop sordo, estoy de celebración, dijo, he conseguido el trabajo de mis sueños, en el jardín del museo de Lunde, ¡estoy feliz!

Yo no contesté, ¿qué podía decir? Salud, dijo, yo levanté la vista, ella dijo que era jardinera, recién diplomada, sus padres le habían dicho que nunca conseguiría trabajo más que en el vivero Plantasjen, pero ahora sería responsable de veintiocho frutales, dos robles y diez parterres en el museo de Lunde, a que es fantástico, yo asentí con la cabeza. Mis padres son muy tontos, dijo.

Se hizo el silencio, colgaba en el aire, luego me preguntó qué estaba leyendo, con una voz tan tranquila que no pude contestar con la mía, angulosa, agrietada, y levanté el libro para que viera el título, hizo un gesto con la cabeza, y volví a bajar el libro, me preguntó si iba a ser abogada o policía, y arrestar a gente como ella que bebía ilegalmente en el tren, yo miraba fijamente las páginas, en las que las letras se mezclaban unas con otras, noté un nudo en la garganta y quería desaparecer de vergüenza, ella dijo: no me hagas caso, estoy bromeando, se inclinó hacia mí y me tocó la rodilla, adónde vas, dijo para salvarme.

Yo, dije con voz temblorosa, mi marido y yo, dije, sonrojándome, pero tampoco podía decir novio, porque estábamos casados, recién casados, porque el padre de mi marido, mi suegro, dije, tragando saliva, ¿tal vez cumpla años?, sugirió ella, sí, dije, ella hizo un gesto en dirección al libro que tenía en el regazo, ¿tienes ganas de acabar?

¿Si tengo ganas? Debí de poner una cara extraña, porque la joven sintió necesidad de explicarse. Yo tengo ganas de empezar, dijo, la miré y tuve la sensación de no haber tenido nunca ganas de hacer nada desde que era adulta, pero si hubiera conseguido un nuevo trabajo, y en especial uno que mis padres pensaran que no conseguiría, tal vez me habría hecho ilusión. La idea me hizo sentirme enseguida infiel.

Por megafonía informaron de que la siguiente estación era Nordagutu, era la suya, dijo, acabó la botella y la dejó en la papelera, ahora la gente pensará que eres tú la que se la ha bebido, dijo, estoy bromeando, dijo, el tren se paró y ella bajó y se alejó por el andén con pasos decididos, pero tranquilos y contentos, y desapareció en el verano, el tren siguió, todo sigue, «también mis padres son tontos». Vi en mi imaginación a mi padre tal y como estaba en la recién celebrada boda, el obvio anfitrión apuesto y natural, a mi madre tal y como estaba en la recién celebrada boda, la anfitriona perfecta, atenta a cada detalle de principio a fin, comprendí que no había sido mi boda, ni siquiera la de Thorleif, aunque seguro que él se lo imaginaba, yo me sentí ajena y extraña de principio a fin, con las manos tan agarradas al asiento de la silla durante el discurso de mi padre que cuando por fin acabó, tenía los dedos tan agarrotados que era incapaz de acercar los cubiertos al asado de reno, la Escuela de Artilugios y Arteros resonaba en mis oídos, me acordé de lo que había dicho mi madre por teléfono aquella misma mañana, que no me pusiera el vestido de flores azules que había llevado en el cumpleaños de Ruth, era muy deslucido, mi padre se había sentido avergonzado, y yo, que tenía muchas faldas bonitas y blusas blancas, metí en la maleta una falda gris y una blusa blanca, y la pajarita del esmoquin de Thorleif, que se la había dejado, lo que habría sido un escándalo, etc., lo hice sin pensar, como un autómata, ¿pero qué quería yo? Me bajé del tren en Arendal, crucé el túnel hacia el centro y el muelle, Thorleif no había llegado aún. Me metí en la cabina telefónica y marqué el número de casa, a través de las ventanas de cristal podía ver el puerto y a Thorleif si llegaba. Lo cogió mi padre, dije que ya había llegado, que me gustaría hablar con mi madre, tenía la esperanza de que él no estuviera en casa, enseguida me sentí más débil, se puso mi madre y me preguntó qué quería. Me concentré y dije que había pensado que tal vez pudiera solicitar el ingreso en la Escuela de Artes y Oficios en el otoño, oí que sonaba a pregunta. Mi madre no contestó, pero el silencio que siguió lo dijo todo, y sin embargo todo empeoró cuando ella abrió la boca. «La Escuela de Artes y Oficios», repitió, como si fuera lo más ridículo que existía. ¿Quieres tornear tazas el resto de tu vida, toscas jarras de las que resulta imposible beber, como las que venden en los puestos del mercadillo de Risør en verano y nadie compra, y de lo que nadie puede vivir? No contesté. «Johanna», dijo con un suspiro, como si tuviera cinco años, sí, tenía cinco años, y Thorleif llegó con el barco y una gorra azul de capitán en la cabeza, bueno, pide un préstamo estatal de estudios, dijo mi madre, es *tu* vida, dijo, pero eso no era verdad. ¿Cómo recordamos lo que no se puede cambiar? Mi madre colgó, yo fui al encuentro de mi flamante marido, no le dije nada de la conversación con mi madre, y cuando mis padres llegaron en su coche al día siguiente tampoco dijeron nada, mi madre jamás la mencionó, fue como si no hubiera tenido lugar, y seguramente para ayudarme no quería recordarme mi estupidez, mi ocurrencia infantil, para no hacerme sentir vergüenza, cómo podía esperar contar con el apoyo de mi madre, por qué la había llamado, pero bueno, luego se vería que yo llamaba a mi madre a destiempo.

Pero todo eso ya lo he quemado.

A veces, lo que no ocurre es lo más importante que sucede un día. Yo llamé a mi madre, ella no cogió el teléfono. El año tiene dieciséis meses: noviembre, diciembre, enero, febrero, marzo, abril, mayo, junio, julio, agosto, septiembre, octubre, noviembre, noviembre, noviembre, noviembre, noviembre.

Mi hermana no sabe lo que ocurre entre una madre y una hija cuando la hija no desea vivir la vida predeterminada, sino una vida libre. Entonces la madre tiene que luchar contra la hija, y la hija ha de luchar contra su propio yo asustadizo, y entonces la madre y la hija están unidas en el dolor y la rabia, y es una cuestión de intimidad, no de amor. Una intimidad así es despiadada, y la intimidad despiadada es erótica y destruye. Mi hermana no sabe nada de esto, no ha heredado el pelo rojo de su madre, mi hermana no es fuego de Hamar. De nada sirve hacerse mayor.

Recuerdo una foto de mi madre y mía, una pequeña foto en blanco y negro de cuando yo era un bebé que llevo en mi interior, estará en alguna parte en una caja de puros, yo sonrío, mi madre sonríe y no se ve a nadie más, mi madre está contenta y me quiere solo a mí, la vida no puede ser mejor, mi madre es joven y guapa y solo estamos las dos.

Las tardes son más cortas. Desde mi madriguera veo caer las últimas hojas secas, las betuláceas se ponen rojas, el musgo se vuelve gris y la hierba se queda tranquila al caer la noche, los insectos mueren o hibernan, todo aguarda al invierno, noches de hierro. Una solitaria frambuesa ártica tiembla a la sombra de los grandes pinos donde aguardan los recuerdos, la mano tiembla en noviembre. Las ramas respiran en la oscuridad y los pantanos amamantan a la gran noche, todo susurra y golpea, y yo me aferro a la gastada vida como si fuera un tesoro.

Se abre la puerta de la calle Arne Brun, 22, y sale mi madre. No ha quedado con mi hermana, no ha quedado con Rigmor, está fuera sin compañía, lo cual me hace sentirme eufórica, ¿adónde se dirige mi madre? Es domingo, son las diez y hay niebla, cae aguanieve, que sobre el asfalto se convierte en barro, mi madre anda decidida bajo la aguanieve, casi entusiasmada, ¿adónde se dirige mi madre con la cabeza alta? ¿Qué va a hacer mi madre?

Gira a la derecha y sigue por la calle Arne Brun, alejándose de mí, nunca ha ido por ahí, anda con decisión, como si fuera algo que ella misma ha elegido, sin contar con nadie, ¿qué es?, ¿una cita? En ese caso habría ido por otro camino, ¿no? Personas mayores de ochenta encuentran contactos por la red y pasan sus últimos años acompañadas, sobre todo las que han vivido con alguien toda la vida y de repente se quedan solas, las que no están acostumbradas a ello y echan de menos la compañía, no tiene por qué tratarse de amor. Puede ser el caso de mi madre, no, no lo creo, ¿o no lo quiero creer? Mi madre tiene a Ruth y su familia y eso le basta, ¿pero qué sé yo? Es domingo temprano por la mañana. Mi madre gira a la derecha en el cruce, yo giro a la derecha en el cruce, anda tan decidida que no va a volverse, sigo el paso de mi madre treinta metros detrás de ella, preparada para agacharme a sacarme una piedra del zapato, cae aguanieve, derritiéndose contra la nariz y el labio superior, se cuelga en las pestañas antes de convertirse en gotas sobre las mejillas, recordándome a algo, algo que se me va. Mi madre cruza la calle, yo cruzo la calle, mi madre va por la acera de la izquierda, yo voy por la acera de la izquierda, me acerco a mi madre intentando estar lo más intensamente presente posible, enviarle las vibraciones de mi presencia, pero no le llegan, sigue sin inmutarse, obviamente indiferente ante mí, mientras la joven que va hacia ella y se cruza con ella nota mi presencia como si le golpeara el pecho, me mira asustada y da un rodeo, yo sigo mi camino sin inmutarme, acorto la distancia, me encuentro a menos de diez metros de mi madre, pero ella no repara en mí, está llena de sus cosas, por fin fuera sin compañía, se lo merece, anda decidida ¿hacia qué? Deprisa para una mujer de su edad, de un modo decidido para una mujer de su edad, yo ando decidida a su velocidad, imito a mi madre. Se está acercando al cruce con semáforo de la carretera principal, que tiene mucho tráfico, está verde para los peatones, mi madre sigue adelante, no importa con lo que se tope, el semáforo se pone amarillo, mi madre no reduce la velocidad, no ha captado el cambio de luces, ve mal o cree que va a poder cruzar antes de que lleguen los coches, pero ya están en marcha, mi madre sigue adelante, yo corro para retenerla cuando ella se detiene de repente, como si hubiese querido engañarme, estoy justo detrás de ella, me tiemblan las piernas y el olor de la niñez me llega a chorros en el frío, el perfume antiguo mezclado con el olor a panecillos y aceite de almendras, retrocedo abrumada por sensaciones del pasado, imágenes que centellean delante de los ojos, las guardo para más tarde como un monje, dejo de respirar, doy otro paso hacia atrás, me topo con un hombre, me escondo detrás de él y allí me quedo hasta que el semáforo se pone verde. Mi madre cruza por el paso de peatones, yo la sigo en amarillo, oigo campanas a lo lejos. Hay más gente en esta acera, muchas personas detrás de las que puedo ocultarme, mi madre anda con la misma decisión, adelanta a los más lentos, hombres con bastón y mujeres encorvadas, cada vez más gente cuanto más nos acercamos a la iglesia, no se dirige allí, ¿no? En el cruce gira a la izquierda por Kirkeveien, como si fuera a la iglesia, mi madre atraviesa la verja y sube hasta la entrada principal, no me lo puedo creer, ¿debo seguirla hasta allí?

No hay boda, lo habría visto, no hay bautizo, lo habría visto, se trata de una misa normal y corriente, y mi madre se dirige hacia allí, ¿es así? Nosotros nunca íbamos a misa. En Nochebuena sí, claro, pero entonces iba todo el mundo, no tenía nada que ver con la fe, sino con la tradición, era algo tan obvio como las costillas de la cena, nosotros nunca íbamos a la iglesia un domingo normal y corriente. Habrá concierto navideño, pensé para tranquilizarme, mi madre va hacia la escalera, a un concierto con motivo del Adviento, pienso para tranquilizarme, ¿y por qué tengo que tranquilizarme? ¿Por qué duele la idea de que mi madre haya pasado por ese cambio mental por el que ha tenido que pasar si ahora se considera creyente, sin que yo me haya enterado o participado en ello? Duele la idea de la seriedad con la que mi madre ha tratado este tema sin que yo tuviera idea de ello. ¿Por qué? ¡Porque había echado de menos la seriedad en mi madre! Jamás había pensado en ella como una persona seria. ¿Mi madre se había convertido en una persona seria en mi ausencia? ¿Mi madre había sufrido tanto por mí que necesitaba consolarse en la fe? No, si se hubiera convertido en una persona profundamente seria, habría cogido el teléfono cuando la llamé. Otra cosa era imposible. ¡Mi madre no podía ser muy seria y a la vez no querer saber nada de mí! ¡Eso era imposible! ¿Mi madre? Esa figura mítica medio alejada de mí, sobredimensionada, que dominó mi infancia y mi juventud, ¿se había convertido a algo tan transformador y serio como la fe cristiana sin querer saber nada de mí? Eso era un duro castigo.

Mi madre sube las escaleras de la iglesia junto a otras personas en Adviento, vestidas de invierno, la mayoría mujeres mayores, los hombres mueren, las mujeres se quedan viudas y van a la iglesia porque se celebra un concierto de Adviento, así ha de ser. Nadie de menos de cuarenta. Mi madre entra, y yo la sigo, me paro en la puerta para ver dónde se sienta. Ningún indicio de concierto, ningún instrumento, ningún equipo técnico, nadie parece darse cuenta de que yo estoy en la puerta mirando. Los pocos que entran tienen de sobra con los escalones, aliviados por haber llegado, conforme se van haciendo mayores se preocupan cada vez más por no llegar a lo que tienen que llegar, la cita con el médico, el tren, la hora de la iglesia, se desenrollan la bufanda, se quitan el gorro, los guantes, se los meten en bolsillos y bolsos, mi madre está de pie aún con el gorro puesto, es la única que se sienta en la novena fila del lado derecho, debajo del púlpito, es un asiento expuesto, allí no puede esconderse del pastor. La mayoría de la gente se sienta muy adelante para oír mejor, doce personas en total, diez mujeres y dos hombres, yo soy la última persona que entra y la decimotercera en la mesa, como Gregers Werle en la obra de Ibsen, con sus imperativos de lo ideal, mi madre se quita el gorro verde y lleva el pelo rojo recogido como lo recuerdo siempre, con un ancho pasador de estaño, mamá, mamá. Camino junto a la pared del lado izquierdo y me siento en la fila ocho, donde ya hay una mujer sentada junto al pasillo central, ella me hace sombra, me tapa, pero si me inclino hacia delante o echo la cabeza hacia atrás, podré, espero, ver la cara de mi madre. No me quito la bufanda, me hundo en ella, estoy acatarrada. Cuento cogotes despeinados, los viejos se olvidan de peinarse por detrás o no llegan con el peine, pero mi madre lleva el pelo recogido como siempre, quizá teñido, pero rojo. Espera emocionada, al contrario que los otros, encorvados como de costumbre, mi madre espera emocionada, ¿a qué? Entra el pastor vestido de blanco con un cordón a la cintura, unos cincuenta, muy poco carismático, ¿no es por él? Dice lo que dicen los pastores, palabras y frases de misa que he oído en el colegio, una radio de fondo, el Señor te bendiga y te proteja, ilumine su rostro sobre ti y te conceda su favor, bla, bla, bla. Las notas del órgano llueven desde la galería y todo cambia, se vuelve cálido, no conozco el salmo, nadie canta, me inclino hacia delante, veo a mi madre. Su boca no se mueve, está pálida, pero concentrada, el rostro inusualmente abierto, casi hambriento, como nunca lo había visto antes, pero hace mucho que no lo veo. El pastor ora, el pastor ruega la absolución para los presentes, incluida yo, un murmullo anestesiante, el pastor sube al púlpito, los presentes alzan la cara hacia él, él se inclina hacia delante y habla del principio de los tiempos difíciles con una voz llana y serena. Y oiréis de guerras y rumores de guerras, pero no os asustéis, porque es necesario que todo esto acontezca; pero aún no es el fin. Y habrá pestes, y hambres, y terremotos en diferentes lugares. Y todo esto será principio de dolores. La mujer que tengo al lado se duerme, mi madre sigue con atención lo que dice el pastor. Estad atentos. Ellos os entregarán a los tribunales, os azotarán en las sinagogas. Y el hermano entregará a la muerte al hermano, y el padre al hijo; y se levantarán los hijos contra los padres, y los matarán, prosigue con voz nada dramática y confiada. Pero el que aguante hasta el final será salvado. Los ojos marrones de mi madre se dirigen a la figura somnolienta y algo inclinada hacia delante del pastor, no lo entiendo. Cuando veáis lo abominable que destruye, los que están en Judea tendrán que refugiarse en la montaña. El que se encuentre en el tejado no debe bajar y entrar en la casa a por algo, y el que está fuera en el campo no debe volver a casa a por su capa. ¡Pide que no ocurra en invierno! El invierno está llegando, el banco de la iglesia está frío, y el frío penetra la ropa hasta la piel, hasta dentro de la columna vertebral, y desde allí hasta la cabeza, para colocarse sobre el cerebro como un casco. Esos días serán terribles, tiempos difíciles como no los ha habido desde el principio del mundo ni los habrá. El pastor hojea, se equivoca, tiene que hojear hacia atrás, busca las gafas, busca por donde iba y continúa mientras la aguanieve cae en los cristales de plomo.

El sol se oscurecerá.

La luna no dará su luz.

Las estrellas caerán del cielo.

Y las fuerzas de los cielos serán sacudidas.

Entonces aparecerá en el cielo la señal del Hijo del Hombre que viene sobre las nubes del cielo con poder y gran gloria. Vuelvo a mirar a mi madre, está llorando, las lágrimas le corren por las mejillas, es increíble, está llorando. Elisabet era vieja y había perdido ya la esperanza de tener hijos, pero un día, un ángel del Señor se le apareció a Zacarías y le dijo que Elisabet le daría un hijo, que se llamaría Juan. Mi madre llora. Zacarías no lo creyó porque era muy anciano y Elisabet también, y el ángel contestó que él era Gabriel y que se encontraba ante el rostro de Dios y que Zacarías, por no creer, se quedaría mudo, y Zacarías se quedó mudo, pero Elisabet concibió y dio a luz un hijo y todos los que llegaban opinaban que debería llamarse Zacarías como su padre, pero Elisabet dijo que se llamaría Juan, mi madre está llorando. La gente decía que no había nadie en su estirpe llamado Juan e hicieron una seña al padre, Zacarías, con el fin de saber lo que opinaba él sobre el nombre para el niño, él pidió una pizarra y escribió: Su nombre es Juan. Todos quedaron asombrados, pero en ese instante la boca de Zacarías fue abierta y su lengua suelta y comenzó a alabar a Dios. Los estrechos hombros de mi madre se sacuden, la frágil figura de mi madre se sacude y yo comprendo. Mi madre va a la iglesia a llorar.

No tenía derecho a ver lo que he visto. He cometido un delito, soy la no bienvenida, la intrusa, la número trece en la mesa para la que no hay una taza china, y sin embargo no me voy, porque el sufrimiento es una cadena que trae ese goce mágico que la felicidad nunca puede ofrecer. Tengo las manos bien agarradas al banco, agacho la cabeza, cierro los oídos, excluyo los sonidos de la iglesia, hago que haya oscuridad detrás de la frente fría, cuento y lo consigo. No sé cuánto tiempo, oigo de repente el órgano, quédate conmigo. Es noche temprana, es Adviento, el invierno llega, la noche llega y más ayuda no sirve. Me abrazo a mí misma y me inclino hacia delante, mi madre está llorando, ah, tú que ayudas a los desamparados, los ojos de mi madre se desbordan y pronto desaparece el día de la vida, está anocheciendo, desaparece la luz de la tierra, mi madre levanta la mano y se restriega las lágrimas, la garganta me escuece, lucho en contra, la sombra del cambio sigue mi camino, la sombra del cambio sigue tu camino, pero tú que no cambias, tú que no cambias, tú que no cambias, quédate conmigo.

La gente se levanta, la mujer de mi lado se ha levantado y se dirige lentamente al pasillo central, mi madre sigue sentada, abre el bolso, saca un pañuelo, se seca rápidamente la cara y devuelve el pañuelo a su sitio, se estira, se sacude con un movimiento del hombro que me recuerda a algo, y se me va. Mi madre levanta la cabeza y sale con la misma determinación con la que entró, yo sigo sentada. El ayudante del pastor se me acerca y me pregunta si quiero hablar con el pastor, que sigue en la sacristía, digo que no con la cabeza y me levanto, salgo al atrio, está vacío, nadie esperando. Mi madre pronto estará en casa con su gorro verde bien encajado en la cabeza. La veo entrando en el 22 de la calle Arne Brun, pronto será ya suficiente.

Fuera, el cielo cuelga gris sobre la calle negra, reluciente y llena de hojas en proceso de putrefacción, está oscuro y la gente lleva ropa oscura para confundirse con la oscuridad y no ser vista, tiene círculos oscuros bajo los ojos, y los corazones están oscuros bajo la ropa. El coche está oscuro entre otros coches oscuros, me subo en él y arranco el motor, el salpicadero se ilumina, de acuerdo. Sigo las reglas, pongo el intermitente en cada rotonda, respeto el límite de velocidad, sigo los carteles *al pie de la letra,* requiere concentración, pronto llego a lo alto. Arriba, en el camino de Kollen está nevando blanco, más arriba reposa la nieve blanca, aún más arriba es como un cálido y suave edredón que iguala todo lo anguloso. Llego arriba, han limpiado el camino, pero el sendero está cubierto de nieve, me hundo hasta las rodillas, me hundo hasta las caderas, la mochila pesa, pienso en la posibilidad de sacar la mitad de su contenido y hacer dos viajes, como un explorador polar, pero hago cálculos y no voy a ahorrar nada de tiempo, no necesito ahorrar tiempo, forcejeo con la nieve y mi cabeza descansa, cojo un ritmo, soy un pato gordo. No cruzo el prado, camino por el borde del bosque donde crecen los abetos tan densos que no hay nieve entre ellos, allí donde respira la tierra, rodeo la cabaña y a cado paso la veo desde un nuevo ángulo, cruzo primero la nieve donde la distancia es mínima, no más de treinta metros, la alcanzo desde la parte de atrás, dejo la mochila en la piedra de la entrada y quito la nieve del umbral. Hago fuego en la estufa de hierro, enciendo la chimenea, abro la botella de vino tinto, no se ha enfriado. Estoy sentada en el banco de la cocina esperando los dieciocho grados de mi madre, miro el prado sin pisadas, reluciente a la escasa luz amarilla de mis ventanas, la luna cuelga del cielo como un plato de sopa al revés. Domingo, uno de diciembre, son las diez, llamo a mi madre, no coge el teléfono.

Diciembre, calendario. Abrí la ventanita por la mañana, emocionada, porque así debía ser. Detrás había una figurita amarilla de plástico, una oveja o un pastor. En el número veintiuno había un anillo amarillo de plástico, me haría ilusión, pero tenía que esperar hasta el día veintiuno, había mirado sin permiso y pensé que el anillo sería un aliciente, porque ¿qué tenía que ver el anillo con el Niño Jesús? La habitación de al lado de la mía era la de Ruth, ¿qué tal le iría a Ruth con su calendario y las ovejas amarillas de plástico? No lo sé. En Nochebuena estaba María con el Niño Jesús, lo sabía porque lo había mirado, aunque estaba prohibido. No tenía ninguna esperanza de encontrar algo más interesante detrás de las ventanas al abrirlas, ilegalmente o no. El calendario iba acompañado de miedo, miedo de que se descubriera que miraba lo prohibido. ¿Ruth lo miraba? Qué sé yo. Las mañanas eran oscuras y frías, los días cortos y tristes, los árboles parecían negros, los arbustos colgaban desaliñados, las vallas de los jardines se hundían descorazonadas, la puerta chirriaba, los pocos pájaros que no se habían ido o huido gañían melancólicos, pero una mañana, cuando subí la persiana, el mundo apareció nuevo, luminoso, limpio, había llegado la nieve, la cálida sábana blanca del cielo se había posado sobre setos y verjas, también el gran manzano estaba cubierto de nieve.

La noche es de color azul hierro y azul gris, pero por la mañana ha caído ya más nieve, el mundo está blanco y ha surgido una grieta en el espacio del presente, se abre un agujero del tiempo, fue un domingo, íbamos a ir de excursión. Cada domingo una excursión, a pie o con esquís cuando se daban condiciones para esquiar como ahora, este domingo. Mis padres, Ruth y yo esquiando de Vassbuseter a Trovann, pero ese domingo mi madre no se encontraba bien. Yo estaba en la cama, Ruth y yo seguíamos acostadas en nuestras camas como hacíamos los domingos por la mañana, mientras nuestros padres tomaban café en la cocina. El olor a café llenaba la casa, y todos los movimientos eran más lentos que durante las mañanas laborables, yo estaba como siempre, con la puerta entreabierta y los oídos alerta, mi madre dijo: No me encuentro bien. Estiré la mano y abrí la puerta un poco más, mis oídos se esforzaron, mi madre dijo: Ya lo noté ayer, la cabeza, ¿sabes?, y malestar en todo el cuerpo. Eso sería algo para recordar, «la cabeza, ¿sabes?, y malestar en todo el cuerpo». Yo había tenido una pesadilla por la noche y había ido al salón con la esperanza de que mi madre me llevara de vuelta a mi habitación, como hacía a veces cuando iba al salón después de haber tenido una pesadilla, pero ella me dijo: Vete a la cama, Johanna. A pesar de todo me quedé quieta, con la esperanza de que al final mi madre me llevara a mi cuarto y me tapara con el edredón para que su pelo rojo, que se soltaba por la noche cuando mi padre estaba en casa, me hiciera cosquillas en la cara y notara el olor a almendras, porque mi madre tenía su propio champú, que dejaba el pelo con más volumen y brillo, y del que yo a veces robaba un poco para después estar asustada y con miedo de que ella por mi pelo oliera el robo. Vete a la cama, dijo, y me fui a la cama, pero desde la cama oí decir a mi padre: «Otra vez esa chica». Eso era lo que le provocaba dolor de cabeza a mi madre, y le hacía sentir «malestar en todo el cuerpo», el que mi padre dijera esas cosas.

Si una supiera, si una entendiera de joven lo decisiva que es la infancia, no se atrevería a tener hijos.

Mi madre podía encontrarse mal, como todo el mundo. Mi padre no podía insistir en que mi madre fuera desde Vassbuseter hasta Trovann con dolor de cabeza. Cuando oí que mi madre se encontraba mal, yo me encontraba mal, sentía malestar en todo el cuerpo. Estaba bajo el edredón de cuadros azules, por eso la funda de edredón de cuadros azules ha sobrevivido a todas las mudanzas, creo, mi madre tosió, yo tosí, mi padre se levantó y fue a la entrada, abrió la puerta de Ruth y dijo: ¿Ruth? No esperó la respuesta, dijo: ¿Johanna? No esperó la respuesta, nos dijo a las dos que nos vistiéramos, que nos íbamos a Vassbuseter, y de allí a Trovann. Tosí y dije que me dolía la cabeza y sentía malestar en todo el cuerpo. Mi padre entró, encendió la luz, se acercó a la ventana y subió la persiana, hacía mucho sol, es algo que le pasa a mucha gente ahora, añadí. Mi padre salió de mi habitación, fue a la cocina y le dijo a mi madre que yo «decía» que estaba enferma. Me imaginé a mi madre encogiéndose en la silla, le hacía ilusión quedarse sola un día entero, e iba yo y le chafaba el plan con mi enfermedad. Mi padre le preguntó si creía que debíamos quedarnos todos en casa y renunciar al paseo, pero mi madre dijo no, no, insistiendo, con una voz que no era de enferma, en que mi padre se fuera de paseo. Yo estaba callada y quieta en la cama. Mi madre se levantó, su silla chirrió, enseguida apareció en la puerta: Papá «dice» que te encuentras mal. Me duele la cabeza y siento malestar en todo el cuerpo, dije, le pasa a mucha gente ahora. Ella no contestó. Creo que lo mejor es que me quede en la cama tapada con el edredón todo el día, dije, para que ella viera que no la molestaría.

Esperaba y temía que me pusiera una mano en la frente para ver si estaba caliente y notara que estaba fría, pero eso no ocurrió, salió de la habitación.

No me sentí segura hasta que se marcharon. Ruth se levantó y se vistió, mi madre preparó el desayuno a pesar de estar enferma, hizo bocadillos y cacao para el termo, que mi padre metió en la mochila, yo lo oía todo, por fin estaban abajo en la entrada, se abrió la puerta y me pareció sentir el frío aire invernal, oí a mi madre decir: Que tengáis un buen paseo. Oí a mi padre contestar: Lo tendremos, y pensé que estaba contento porque yo me encontraba mal. Porque cuando mi madre se encontraba mal, yo también me encontraba mal, y así él podía ir solo con Ruth de Vassbuseter a Trovann. La puerta se cerró, yo esperaba que mi madre subiera, pero no lo hizo. Se puso a ordenar ropa, quería estar sola, deseaba una brillante mañana de domingo para ella sola. El día anterior había visto el pronóstico del tiempo y había hecho un plan, pero no le había salido como pensaba, porque yo me encontraba mal. Tal vez sospechara que yo había dicho que me encontraba mal sin que fuera verdad, solo para estropearlo todo, ese pensamiento no se podía tener, así que lo dejé ir. Mi madre creía que yo estaba enferma y yo tenía que procurar que siguiera creyéndolo, quedarme bajo el edredón todo el día, débil y muda. Pero no sé por qué me ponía enferma cuando mi madre se ponía enferma, si pensaba quedarme todo el día debajo del edredón, ¿de qué servía entonces mi enfermedad? Oí moverse con pasos pesados a mi madre por la escalera, porque yo estaba acostada en mi habitación impidiéndole sentir esa felicidad que tanto deseaba.

Quería quedarme quieta en la cama para que mi madre disfrutara tanto de su día a solas que tal vez acabara añorando estar con alguien, por ejemplo, conmigo, cerré los ojos para oír mejor. Ella se metió en su habitación y se acostó. Eso no me lo esperaba. Ella quería seguir durmiendo. Yo intenté seguir durmiendo, pero no lo conseguí, oía crujir el edredón cuando respiraba, dejé de respirar para no oírlo, me lo bajé hasta las caderas para que no se moviera al respirar, entonces oí una especie de susurro en la cabeza, di un golpe con la cabeza en la pared para pararlo, funcionó, sentí un buen calor detrás de los ojos, luego oí bichos en la pared y la nieve caer de las ramas del manzano, mi madre estaba dormida. ¿O mi madre no podía dormir por mi culpa, como yo no podía dormir por la suya? Tenía que hacer pis, pero no quería ir al baño para no despertar a mi madre si a pesar de mí estaba dormida. No sé cuánto tiempo pasó hasta que oí abrirse la puerta de mi madre, y sus pasos inseguros por el pasillo. Mi madre estaba palpando el silencio del domingo y el poder estar sola, e intentaba olvidar que yo estaba cerca, tal vez lo lograra. Yo quería y no quería que lo lograra. Entró en el baño y cerró la puerta, si hubiera estado sola no la habría cerrado, habría hecho pis con la puerta abierta, que era lo que deseaba, pero no podía por mi culpa. Entonces tenía cierta conciencia de mi presencia, eso estaba bien. Mi madre tiró de la cadena, salió y volvió a la cocina. Oí correr el agua por la tubería, haría café y entraría a verme. El agua dejó de correr, el café estaba haciéndose, mi madre no entró a verme. El café estaba hecho, olía a café, el olor a café suaviza los miedos, mi madre no vino. Se sirvió café en la taza verde con el borde dorado, verde era la madre de mi infancia. Abrió el armario, el papel de galletas crujió, quería comer galletas de chocolate con el café porque era domingo y había olvidado que yo me encontraba allí. Mi madre estaba sentada en el sitio de mi padre mirando los campos blancos rodeados de abedules de troncos blancos, el manzano junto a la verja con unas ramas tan altas que podía alcanzarlas desde la ventana. Mi madre sentía malestar en todo el cuerpo. Sentada en el sitio de mi padre, mirando el paisaje al que estaba atada, del que no podía escapar, dos hijas y un marido, eran la tarea de la que se tenía que encargar, mi madre mirando el campo con la mirada perdida: ¡Conque así sería mi vida! Sentí tanta compasión por mi madre que deseaba fervientemente expresársela, deseaba correr a abrazarla y consolarla, a darle las gracias por quedarse, aunque obviamente quería marcharse. Pero debía de ser mi propia imposibilidad la que trasladé a mi madre aquella vez, pienso ahora, mi propio deseo de escapar, que no quería sentir porque yo estaba más encerrada en esa casa amarilla cuadrangular que mi madre. Así que tal vez me equivocaba, tal vez mi madre estaba contenta, tal vez mi madre estaba tan feliz sentada en la cocina mirando algo que consideraba conocido y querido, es decir, habría estado feliz si su hija mayor no hubiera estado enferma en la cama en la habitación de al lado. ¿Cómo estaba mi madre? Quería salir corriendo y abrazarla, con la esperanza de que ella me recibiera, acercara su cara triste a la mía y dijera: Mi niña, para que pudiéramos estar tristes juntas, no por separado. No lo hice, no me atreví a hacer pis para no tener que ver la decepción en los ojos marrones de mi madre al verme, la tarea de cuidarme era inmanejable y agotadora, deseaba ser liberada de ella. Mi madre fue a por otra galleta de chocolate, yo ya no podía aguantar más, me bajé de la cama lo más silenciosamente que pude y fui de puntillas al baño, mi madre no me oyó o no quiso oírme, estaba como me la había imaginado, sentada en el sitio de mi padre, de espaldas a mí y a las demás habitaciones, con la cara vuelta hacia el prado y los árboles, cerré la puerta, puse papel higiénico en la taza para amortiguar el ruido, pero no pude dejar de pulsar el botón cuando terminé, hizo mucho ruido, y cuando enmudeció, escuché buscando a mi madre, abrí la puerta con cuidado y vi que estaba sentada como antes, inmóvil, con la cara hacia la ventana, volví de puntillas a mi cuarto y me acosté, el corazón me temblaba. Quizá mi madre tuviera realmente una enfermedad mortal. Otra vez me entraron ganas de ir corriendo a abrazarla, otra vez fui incapaz. Si mi madre moría, también moriría yo, no había duda. Sentí frío de la frente hasta los hombros cuando oí sus pasos por el pasillo, el corazón se me subió a la garganta y me resultaba difícil respirar, cerré los ojos con fuerza. Ella apareció en el umbral de la puerta, su bata olía a noche de madre. Así que te encuentras mal, dijo, yo asentí con la cabeza. Se quedó callada, se preguntaba qué podía decir, yo también. ¿Qué habría hecho ella si yo no hubiera estado allí, de no ser por mí?

Dijo: ¿Estás lo bastante bien como para desayunar en la cocina? ¿Cuál era ahora la respuesta correcta? Suponía que quería desayunar sola. Contesté que creía que era mejor que me quedara en la habitación, ella se fue. Sonó como si se echara más café en la taza verde con el borde dorado, y se sentara en el sitio de mi padre, quizá le había dado una respuesta equivocada. Abrió un cajón y luego la nevera, yo yacía con los ojos cerrados escuchando correr el agua, una cacerola en el fogón, un cuchillo en un plato y pasos en mi dirección, mi madre empujó la puerta con el pie, entró con una bandeja y me dijo que me incorporara, me la puso sobre las rodillas y dijo: Ahora vas a ser una princesa, y se marchó. En la bandeja había un huevo pasado por agua, un salero, cuchillo, cucharilla, un plato con dos rebanadas de pan, una con queso de cabra y otra con mermelada, un vaso de leche y una servilleta con estrellas doradas que era de Nochebuena.

Escuchaba para ver si la oía, no oía nada, ¿estaba sentada en la cocina escuchando para ver si me oía a mí? ¿Cuánto come una persona enferma como estaba yo? Cuando estábamos acatarradas, mi madre batía una yema de huevo en nata líquida y nos exprimía una naranja, porque los enfermos necesitan nutrirse para ponerse bien, yo quería comerme el huevo. Le di unos golpecitos, pero demasiado fuerte y demasiado abajo, la yema se salió de la huevera y se deslizó hasta la servilleta, que no se pudo salvar, sorbí toda la yema que pude y me comí el resto del huevo, limpié todo con la servilleta, la doblé en cuatro y la metí a presión en la cáscara vacía, bebí un poco de leche y me puse a esperar.

Pasos por el pasillo y mi madre aparece en la puerta, a juzgar por su cara yo había comido lo correcto, se llevó la bandeja y volvió a entrar con el cepillo de plata, se sentó en el borde de la cama y me preguntó si quería cepillarle el pelo. Yo usaba el cepillo de plata a escondidas, ella lo sabía, no me atrevía a cogerlo. Mi madre se volvió, interrogante, yo lo cogí a pesar de todo, lo coloqué con cuidado en su cabeza y lo bajé, lo subí, lo coloqué con cuidado sobre su pelo, lo bajé con cuidado, no lo estás haciendo bien, dijo, no me atrevía a hacerlo con más fuerza, el cepillo pesaba demasiado, sentía de verdad malestar en todo el cuerpo, mi madre suspiró, me cogió el cepillo y se fue con él, lo dejó sobre la cómoda, debajo del espejo de su dormitorio, donde solía estar, volvió a entrar y me dijo que me levantara y me pusiera la bata, esperó mientras lo hacía, me pidió que la acompañara a la cocina, sacó las cosas de dibujar, se sentó en una silla y me pidió que la dibujara, tenía que estar muy enferma.

Yo dibujaba bien. Eso había que reconocérmelo. A mi padre no le gustaba el dibujo, hay cámaras, decía, cuando mi madre contaba que a ella se le daba bien dibujar rosas cuando era pequeña, él le regaló una cámara de fotos para su cumpleaños, ella nunca la usó, pero un día que yo había dibujado abejorros para un trabajo de Biología, y mi madre se los enseñó a mi padre, él dijo: La chica dibuja bien, eso hay que reconocérselo. Me senté junto a la mesa y abrí el bloc. Cuando no conseguía dormirme por las noches, me imaginaba que a mi madre la secuestraban unos bandidos, pero si yo conseguía dibujarla de manera que vieran quién era ella, la dejarían en libertad, solo me permitían usar tres colores y yo elegía el negro, el rojo y el marrón. Trazaba la cara en forma de corazón de mi madre y sus ojos en negro, dibujaba grandes pupilas en forma de elipse en los ojos marrones, y la boca como un corazón rojo en la cara de corazón, al final, el pelo suelto como les gustaba a los bandidos, primero con color rojo y luego con marrón encima, y mi madre era liberada y yo me dormía, me dormía dibujando a mi madre.

Le pregunté cuántos colores podía usar, todos los que quisiera, ella me miró con algo parecido a una expectación desafiante, con el ceño fruncido y una sonrisa torcida en la boca que era incapaz de interpretar, yo colgaba en el aire, el miedo del portero ante el área de penalti.

¿Qué quería mi madre? ¿Se preguntaba realmente cómo la veía yo? Era un pensamiento tentador. Cogí el lápiz marrón y dibujé el ceño fruncido, no debía traicionarme a mí misma. El profesor decía que la guerra podía haberse evitado si la gente no se hubiera traicionado a sí misma, sino seguido sus corazones a pesar de las amenazas de castigo, de las *represalias*. Entendí lo que quería decir, cogí el lápiz rojo y dibujé la boca, que decía: ¿No sientes respeto por tu madre? Dicho como una acusación, pero gramaticalmente formulado como una pregunta, porque yo no sentía ese respeto por ella que ella quería que yo sintiera. Yo entendía demasiado sin entenderlo, lo tenía en la mano, dibujé el pelo rojo de mi madre suelto para mi padre, el que mi padre olía con los ojos cerrados, a mi padre le gustaba el pelo de mi madre, pero no sentía respeto por ella ni por Hamar, el lugar donde mi madre se crio, tal vez sin ser respetada del todo como miembro de una familia, dibujé la pequeña granja al fondo, mi madre deseaba de mí ese respeto que no había tenido de otros, ella no lo veía, tenía zonas ciegas, eso es lo que dibujé, lo que yo intuía, lo que pensaba sin mucha claridad, ella preguntó si ya había acabado, dibujé un globo de pensamiento encima de su cabeza, solo quedaban las manos, le permití tenerlas en los bolsillos.

Mi madre se quedó pálida. Se apagó el fuego de Hamar. Mi madre se acercó la hoja a la cara y venció las ganas de arrugarla, era lo que ella había intuido, que no me traicionaría a mí misma.

Dejó la hoja sobre el fogón, pero las placas estaban apagadas. Me preguntó si opinaba que debía enseñársela a mi padre, negué con la cabeza. Me preguntó si debía enmarcarla y colgarla en el salón. Negué con la cabeza. Dijo que podía meterla en la caja de puros que tenía debajo de la cama. Se me heló la sangre. ¿Sabía ella de la existencia de la caja y la había abierto? Pasó por delante de mí y salió de la cocina, se metió en su habitación y cerró la puerta, desde allí ya no había ningún camino hacia delante. ¿Estaba escrito en clave, pero ella la había descifrado? Entonces yo tendría que morir. Si hubiera tenido sensibilidad en las piernas, habría salido corriendo y me habría tirado al río, de repente ella estaba delante de mí con las manos a la espalda: ¿Qué mano quieres?

¿Qué pretendía? Se me quedó mirando, yo levanté un brazo entumecido hacia su mano izquierda, y ella sacó la mano, en la que había una cajita de hojalata, levanté la vista, ella sacudió con fuerza la cabeza y yo la cogí insegura. Ábrela, dijo, la abrí, dentro había unos trozos de papel rotos. Esa soy yo, dijo, señalando la cajita de hojalata, cogió la hoja de la cocina, la señaló y dijo: ¡Esa eres tú! Mételo todo en tu caja y escóndela mejor, dijo, y me empujó fuera, yo cogí las cosas, me fui a mi habitación y me senté en la cama, ella tenía que estar muy enferma.

Mi madre llenó la bañera, esperé a que se metiera en ella, me arrodillé y me metí debajo de la cama, cogí la caja de puros y la abrí con los ojos de mi madre. No era tan horrible como me había imaginado. Muchos de los dibujos eran de ella, pero habían sido dibujados para los bandidos, un cuaderno con escritura en clave, ella no podía haberla descifrado, ni siquiera yo la entendía ya, y una pequeña página con escritura normal, pero no ponía que mi madre era mala, una moneda de cinco céntimos que encontré en la calle y que traía suerte. Metí la cajita de hojalata y el dibujo en la caja de puros y volví a colocarla debajo de la cama, luego me quedé tumbada sobre ella como un palo, y me puse a contar piezas cuadradas, empujándolas de un lado a otro de la frente, había llegado a trescientos ochenta y cuatro cuando oí el coche, me acerqué a la ventana, y los vi salir. Tenían una pinta normal, precisamente eso era lo raro. Mi padre bajó los esquís de la baca y los metió en el garaje, Ruth lo esperó, él la cogió de la mano y entraron juntos en casa, no miraron hacia la ventana, todo muy normal. Yo me acosté e intenté oír la voz de mi madre. Ella también había oído el coche y les había abierto la puerta, ya se encontraba bien. Íbamos a comer espaguetis, aunque era domingo, porque ella estaba enferma, y luego manzanas asadas con nata, que era algo fácil de preparar si se tenían los ingredientes. Oí a mi madre hervir los espaguetis, mientras Ruth estaba sentada debajo de la mesa como en una novela, mi madre cogió un espagueti de la cacerola y lo tiró contra los azulejos de detrás del fogón, estaban hechos. Yo comí en la mesa con ellos, también me encontraba ya recuperada, contagiada por mi madre, e iba a ir al colegio al día siguiente, era como si la mañana no hubiese existido. Mi madre estuvo planchando el resto de la tarde.

Ha llegado el frío del invierno, y la aguanieve se mueve en el aire, miro el plomizo fiordo y pregunto: ¿Qué hago aquí? Las colinas me miran con ojos fríos, no estoy más en casa aquí que en otros lugares, ¿qué pretendo hacer aquí? El que se ha fugado no vuelve a encontrar el camino a casa, ¿por qué no voy a esconderme a un sitio donde nunca haya estado? Me voy a la cabaña de madera del prado y cierro la puerta, pero el viento ruge y aspira, la lluvia cae a cántaros y aporrea, los pensamientos se tejen y yo me retuerzo porque: Estoy sola. El corazón da sacudidas y saltos, encerrado detrás de las costillas. Me convertí en una persona sin hogar, sigo siendo una persona sin hogar, y el desasosiego no cesa. El granizo azota el cristal de la ventana, y hay dientes que roen las paredes, nudillos en las puertas, patas que andan, seres que suspiran y quieren entrar, y llega el miedo y la gran oscuridad de los bosques, y encima de mí cuelga el cielo como una piedra a punto de ahogarse.

Si ella hubiera descifrado la clave, no habría podido dormir tranquila por las noches, pero ella dormía. Yo estaba despierta en la cama escuchando los sonidos del sueño de su habitación. Yo haría gustosamente lo que ella me decía, quizá eso fuera más importante de lo que yo creía, había algo en la manera en la que me había mirado, me gustaría quitármelo de encima. Fui a por la caja de debajo de la cama y la metí en la bolsa de las cosas de gimnasia junto con una linterna, un escoplo y una cuchara que había cogido del postre, me puse un jersey de lana, leotardos de lana y calcetines gordos, me acerqué silenciosamente a la ventana y la abrí, viento frío en la cara, ni un sonido y no tan oscuro como la noche anterior debido a la nieve, había hecho eso muchas veces. Bajé por el manzano y me deslicé junto a la pared para no dejar huellas, desde la escalera di un salto hasta los arbustos que había junto a la verja de la señora Benzen, tenían espinas que pinchaban también en el invierno, pero iba bien abrigada. Fui a gatas hasta el escondite del olvido, donde nadie podía encontrarme, la alambrada entre los jardines no llegaba del todo hasta el suelo, cavé sin problema un hoyo en la tierra lo suficientemente grande como para que cupiera la caja, en el lado de la señora Benzen, para estar segura, luego cubrí el hoyo con tierra, poniendo encima hierbas y hojas secas para camuflarlo, salí a gatas y volví por el mismo camino por el que había llegado, trepé, cerré la ventana y me acosté, con la sensación de haberme quitado un gran peso de encima.

Me abrigo bien, cojo el coche y me voy a la ciudad, me apetece andar. Son las ocho y media, no quiero llegar hasta las diez o más tarde, la gente estará sentada delante del televisor o a punto de acostarse. También podía haber esperado hasta la noche, pero eso podría resultar extraño. Salgo cuando empieza a anochecer. Está oscuro, pero el centro está iluminado, los adornos navideños alumbran y centellean, voy por la parte nueva y por ello nada peligrosa, ando sobre aguanieve y barro, pero llevo botas gruesas, un abrigo gordo, gorro, manoplas, la gente se apresura encogida, agobiada por tantas bolsas, llego a la parte del centro donde los edificios siguen parcialmente intactos, pero los carteles, las tiendas, los cafés son nuevos, las personas que se ven en ellos van vestidas de gris, están cabizbajas, esperando con caras que pertenecen a una ciudad más grande que aquella en la que crecí, los autobuses son cada vez más largos, sigo andando. El parque está tranquilo, los árboles son los mismos, negros y muy separados, el parque se parece a sí mismo y empieza a ser un suplicio. Detrás del parque está el colegio, por suerte tan ampliado y reconstruido que está irreconocible, los recintos exteriores son más pequeños de lo que recuerdo, seguramente porque la infancia es grande en extensión. No me detengo delante del colegio, aunque resulta tentador, cojo el camino del colegio, paso por delante de lo que en el pasado eran viviendas de obreros, y ahora viven en ellas estudiantes y jóvenes modernos con niños, en las ventanas cuelgan estrellas navideñas. Sigo la calle transitada que mi madre no nos dejaba cruzar, llego a lo que era una tienda de periódicos, y que ahora es una empresa de consultoría, me meto por las tranquilas calles de espaciosos chalés con jardines rodeados de setos, y árboles adornados con luces, columpios y tendederos, coches aparcados en la calle, la gente está en casa, hay luz en las ventanas, pero no veo a nadie. Paso por delante de la casa donde vivía Bente Bœrdal, en el buzón no pone Bœrdal, no pone nada, quizá nunca pusiera nada, ando despacio. En el buzón de Thoresen pone Thoresen, debo tener muchísimo cuidado. Tal vez Bror Thoresen viva en el pequeño anexo recién construido, mientras sus hijos viven con sus hijos en la casa principal, Bror Thoresen se ha vuelto pequeño, la infancia demasiado grande.

Doblo la curva, no miro al frente, sino a la acera, igual que entonces, para no pisar las líneas del borde me agarraba a las correas de la mochila, pensando en no sé qué, no hace falta que me esfuerce tanto. Me meto por la calle Godthåp hasta lo que era una pista de patinaje, ahora es un jardín de infancia, lo dejo atrás y veo la casa, todavía amarilla, pero los frontones ya no son blancos como entonces, sino verdes, y las ventanas que dan al oeste han sido cambiadas por unas más grandes, mejor para los de dentro y para los de fuera. Voy por el camino peatonal que atraviesa el prado, mucho más corto que antes, todas las distancias se han cambiado, el bosquecillo ya no está donde solía estar y la pista de tenis ha desaparecido, me paro donde acaba el camino peatonal y cruzo la calle de mi infancia, la visión del letrero con el nombre me produce una sacudida, pero todo está dormido, las casas, los árboles duermen, la calle duerme, resulta increíble que en el pasado estuviera tan despierta que se ha quedado grabado dentro de mí con letras mayúsculas, ahora está dormida, pero puede despertar de repente, eso es. El portón de hierro forjado aparece delante de mí a la vez que el jardín, más pequeño de lo que lo recordaba, pero el manzano está tan cerca de la que era mi ventana que tiene que ser fácil trepar hasta ella para el que lo necesite. El garaje, por suerte, está igual, si lo hubiesen tirado, habría resultado difícil orientarse, si lo hubieran tirado y reconstruido podría haber corrido el riesgo de que hubiera un garaje en el lugar que estoy buscando, pero la señora Benzen no habría permitido a nadie construir nada en su parcela, aunque la señora Benzen ha muerto, lo que al parecer no es el caso de mi madre.

Entumecida, paso por delante de la casa que en otro tiempo llamaba mía, nuestra. Hay luz en lo que antaño era la ventana de la cocina, y que seguramente sigue siendo una ventana de cocina, veo en mi interior a mi madre junto al fogón con un espagueti en el tenedor. Dentro, un hombre levanta la cabeza y me mira a la luz de la farola de la calle, pero no puede saber quién soy o por qué estoy allí, una persona que pasa ocasionalmente, camino de una casa más allá, una intranquila paseante nocturna, no obstante, me vuelve el miedo de la infancia, y temo al hombre de la ventana como temía a la señora Benzen cuando era niña, y la sigo temiendo aunque haya muerto, el miedo de la infancia no muere. No hay luz en las ventanas de la señora Benzen, excepto la de la pequeña lámpara sobre los escalones de la puerta, todo parece deteriorado y abandonado, no hay ningún coche delante de esa casa que en otro tiempo era mía, nuestra. La casa de la señora Benzen parece triste, cansada y deshabitada. Abro el portón y voy por detrás de los setos a lo largo de la valla de madera que da a la calle hasta la valla divisoria de metal, y veo que para localizar el lugar tengo que pasar por encima de ella. Desde donde me encuentro, veo la ventana de la entrada de la primera planta, la misma de hace mucho tiempo, de vidrio de plomo coloreado, a través del que no se puede ver nada, trepo la verja y aterrizo en tierra conocida, en los setos con espinas que salen también en el invierno. Silencio sepulcral. Voy hasta la puerta del garaje, junto al portón de hierro forjado donde en teoría puede verme el hombre que está en la cocina, pero el garaje no está iluminado. La pared medía ocho pasos de cuando yo era pequeña. Con mis piernas de casi sesenta años mide cinco y medio, ando a lo largo de la puerta del garaje hasta encontrar la longitud del paso de la persona que era, y doy diecisiete de aquellos pasos, voy hacia la derecha y me abro camino a través de los setos punzantes, voy vestida para la ocasión. Llego a la valla y me hago sitio, saco la plancha de corcho blanco y me siento, me quito los guantes y toco la tierra, está fría pero caliente, seca pero húmeda, cuelgo la linterna en una rama para que ilumine el lugar al que me han llevado mis mediciones, me pongo los guantes y cavo, me he llevado un escoplo y una pala. Cuánta tierra crean los gusanos en el transcurso de una noche, de un año, de cincuenta, hasta dónde tendré que cavar, saco raíces, las corto con unas tijeras, no me topo con piedras, es bonito cavar.

¿Pasó ella sus mejores años, como se dice, en esta casa, en este jardín? Qué joven sería.

Cavo un gran hoyo. Dejo la tierra detrás de mí en pequeños montones, no hay luz en ninguna de las ventanas de la señora Benzen, la señora Benzen está durmiendo en una cama o en la tierra, cavo, no como si me fuera la vida en ello, pero vivo intensamente mientras cavo en medio del olor a mantillo, a tierra de invierno en diciembre junto al garaje de mi infancia, e ilegalmente en la parcela de la severa señora Benzen, viva o muerta, cavo como si tirara la tierra desde dentro de mí y me quedara en paz, la tierra de mi infancia tirada detrás de mi espalda, cavo mientras el mundo está tranquilo, mientras la casa en la que vivía antaño está oscura, al igual que las casas en las que vivían Arnesen y Buberg, cavo la tierra oscura, y cuanto más cavo, más oscura se vuelve, quiero llegar al final de esa oscuridad, pero respiro tranquilamente porque ya no corre prisa, sorbo la gran noche mientras cavo con la boca abierta, entonces suena como si la pala hubiera chocado contra algo de metal, despierto de la oscuridad y es como si se encendiera la luz.

Dejo la pala, me quito los guantes y aparto la tierra con la mano cuidadosamente, como un arqueólogo, parece la tapa de una caja de puros. Le limpio la tierra de encima y de los lados con el cepillo para setas y me ayudo del escoplo para subirla.

La envuelvo en una funda de almohada y la meto en la mochila junto a las herramientas, luego salgo por el portón, no hay luz en ninguna ventana, voy hasta la guardería que en tiempos era una pista de patinaje y llamo a un taxi para que me lleve a casa.

Cuando abro la puerta y entro, es ya la una y media, el fiordo está oscuro, me alegro de estar en alto. Voy a la mesa de trabajo, enciendo la lámpara, tengo un extraño sentimiento religioso, saco la caja de la funda de almohada y levanto la tapa con mucho cuidado. Encima de todo está el dibujo del domingo en el que mi madre se encontraba mal, amarillento, pero entero e inesperadamente nítido, de repente me siento sobrecogida de emoción en nombre de las dos, la figura enorme, dibujada hasta los bordes de la hoja, como si mi madre no cupiera, todo su pelo, pero la cara está demacrada, hambrienta y añorante, los brazos largos y paralizados. Mi madre señaló el dibujo y dijo con la cara desfigurada: ¡Esa eres tú!

Yo creía que estaba dibujando a mi madre, pero me dibujaba a mí misma, creía que indagaba a mi madre, pero me indagaba a mí misma, ¿no me acercaba a mi madre y al mundo de mi madre con mis lápices, sino solo al mío? Obviamente no era un pensamiento nuevo, pero de repente se volvió concreto y claustrofóbico, ¿nunca podría sentirme cercana a nadie? Debajo del dibujo estaban los cuatro dibujos de los bandidos que imitaban a las princesas de los cromos y los libros de cuentos, totalmente carentes de interés, en uno de ellos había dibujado una burbuja de diálogo con signos parecidos a los que se usan como tacos en el Pato Donald, el lenguaje en clave que había olvidado. Más abajo, un diario en el que solo había escrito en la primera página, mi letra de aquellos tiempos me resultó inesperadamente segura: «Hoy mamá me ha preguntado por qué carraspeaba todo el rato de esa manera tan rara cuando hacía los deberes. No conseguí explicárselo. Ella se puso de mal humor. Al ir a acostarme he pensado en ello. Creo que es porque la garganta está entre la cabeza y el corazón. Y cuando estoy haciendo los deberes, no puedo notar el corazón. Así que entonces se me cierra la garganta, de modo que el corazón no llega a la cabeza. Pero si digo eso a mamá, me dirá que soy tonta». Mi madre había leído esa página una mañana mientras yo estaba en el colegio, pero no era tan horrible, ¿no? O era lo peor pensable, porque a mi madre también se le cerraba la garganta y por eso hubo que enterrar el diario junto a una cajita de hojalata amarilla de Partagas Club 10, ¡era del abuelo! Eso lo había olvidado o reprimido o no había tenido el valor de entenderlo. El abuelo fumaba puritos Partagas Club 10 cuando nos visitaba de vez en cuando, muy raramente porque era un borracho, en palabras de mi padre, porque el abuelo se emborrachaba y había que mandarlo a su casa en un taxi, y mi padre siempre decía que era la última vez y se quejaba de que el olor a los puritos Partagas Club 10 permanecía en el aire mucho tiempo después de que el abuelo se hubiera marchado, y sin embargo el abuelo volvía al año siguiente, y yo le tenía el mismo miedo que el año anterior, el mismo miedo al olor de los puritos Partagas Club 10, tan odiado por mi padre, los ojos nadando del abuelo y la decepción de mi madre porque el abuelo estaba tan borracho como el año anterior y había que mandarlo a casa en taxi, es la última vez, decía mi padre y también decía que el abuelo llevaba algo en el bolsillo, yo creía que era una pistola. La tía Grethe me contó, una de esas veces que mandaron al abuelo a su casa en taxi, tendría que ser en Navidades, pues ella estaba allí, que el abuelo trabajó en el mar durante la guerra y tuvo muchas experiencias horribles, que el abuelo bebía con el fin de «sobrellevar su equipaje», decía la tía Grethe, que porque el abuelo estuvo en el mar durante la guerra y la abuela tenía mal los pulmones, mi madre se crio con el tío Håkon en Hamar. Estoy sentada con la cajita de hojalata amarilla de Partagas Club 10 en la mano, y comprendo que también mi madre tuvo una infancia.

La primera canción que oí fue el llanto de mi madre junto a la cuna.

En la cajita de hojalata hay trozos de papel con signos que yo no entendí entonces, todavía pueden verse, los vuelco sobre la mesa y los cuento, dieciséis trozos con los que compongo un billete roto de avión a Yellowstone, Montana.

Mi madre había sacado un billete de ida a Yellowstone, Montana, ¿a qué iba a ir allí? ¿Mi padre encontró el billete y lo rompió, y mi madre se puso mala y no pudo ir a esquiar? Mi madre estuvo planchando. Cuántas cosas habrá tenido que alisar en el transcurso de los años. Había muchos secretos en la casa amarilla, de eso sí me daba cuenta, también mi madre se daba cuenta, pero cerrábamos los ojos, porque seríamos incapaces de manejar lo que veíamos si nos atrevíamos a mirar, porque si se viera y se pusiera palabras a lo que se veía, estallarían burbujas y no sabíamos lo que saldría de ellas, probablemente algo que estropearía la moqueta, y alguien tendría que arrodillarse a limpiar, mi madre.

Me levanto a las siete, pero no llamo hasta las nueve. Ella no coge el teléfono. Llamo desde un número oculto, mi madre no lo coge, sabe que soy yo. ¿Tendré que escribirle una carta? ¿Querida mamá?

Se dice que la gente mayor recuerda mejor lo que pasó hace mucho tiempo que lo que pasó el día anterior. ¿Así que mi madre piensa ahora más en los años de su juventud que en cuando yo me marché hace treinta años? ¿Mi madre pasa mucho tiempo sola sentada a la mesa o delante del televisor, pensando en la casa amarilla y su vida en ella? ¿Pero si en aquellos tiempos no era feliz, y seguro que no lo era, por qué entonces iba a pensar en ellos? ¿Acaso han mejorado con el tiempo?

¿Querida mamá?

Pero quizá sea una estupidez sacar a la luz la historia del billete de avión a Yellowstone, Montana, porque ahora se alegra de no haber ido. ¡Pero si es así, me lo puede decir! ¿Es eso lo que quiero oír? No. ¿Por qué quiero hacerla hablar? Porque no ha dicho todo. Eso es lo que quiero oír con sus propias palabras.

¡Querida mamá!

Como sabrás, estoy de vuelta en el país, y me gustaría verte. ¿No crees que estaría bien que las dos pudiéramos charlar un rato? Una conversación entre nosotras no tiene por qué ser larga ni profunda, no pretendo que discutamos sobre el pasado o que revivamos situaciones que seguramente sean dolorosas e incómodas para las dos, sino solo que nos contemos un poco sobre nuestras vidas de ahora. El otro día encontré por casualidad una cajita de puros que era del abuelo, creo, y que tú me diste un día. Fue un domingo, tú te encontrabas mal y no pudiste ir a esquiar, yo también me encontraba mal y no pude ir de excursión, nos quedamos solas en casa, yo te dibujé y tú me diste una cajita de hojalata en la que ponía Partagas Club 10 puritos, creo que era de tu abuelo materno. Tengo buenos recuerdos de aquel día.
    Un abrazo de tu hija Johanna.

Debajo puse mi número de teléfono y mi dirección.

Estaba impaciente e inquieta, pensando en la posibilidad de coger el coche e ir hasta allí, colarme por la puerta verde de la parte de atrás y meterle la carta en el buzón, pero si ella veía que no tenía sello, sabría que yo andaba cerca y me rechazaría. La llevé a la oficina de correos más cercana y me dijeron que probablemente llegaría al día siguiente. Fui a la cabaña para tranquilizarme.

No recibí respuesta. El teléfono no sonó, no llegó ningún mensaje ni ningún correo electrónico. Me quedé cinco días en la cabaña, con la esperanza de encontrar una carta en el buzón al volver a la ciudad, estaba vacío.

A veces, pequeñas cartas privadas se pierden entre tanta publicidad. Mi madre no está acostumbrada a recibir cartas, no espera ninguna, solo facturas en sobres C5, así que todo lo demás lo tira directamente al contenedor de papel, sin mirar si entre los folletos de XXL y Rema 1000 se esconde alguna pequeña carta. Le escribí un mensaje de texto: Te he enviado una carta. ¿La has recibido?

No contestó.

Estaba en su derecho. ¿Yo me había negado a pensar en ella, a tantear y reconocer mis sentimientos hacia ella durante muchos años, pero ahora necesitaba investigarlos y exigía que estuviera a mi disposición?

Sospechaba que la imagen que tenía de ella se había quedado estancada, que la había colocado en un determinado lugar en mi psique, atribuyéndole un papel no justificado, y que ahora quería colocarla en un lugar más correcto, pero ¿cómo podía hacerlo si ella no contestaba?

¡A tu madre le importa una mierda la imagen que tengas de ella y qué papel le hayas atribuido en tu egocéntrica psique! ¡Acéptalo! ¡Le es totalmente indiferente!

Deseaba oír la verborrea de mi madre sin filtrar. Cómo lo has vivido tú, mamá, cuéntamelo sin miedo, mamá, desahógate conmigo, mamá, por qué iba a hacerlo, está claro que no quiere hacerlo, no se fía de mí, tal vez crea que estoy buscando un tema, que inmediatamente después de un encuentro la pinte de un modo negativo y exponga el cuadro en la retrospectiva, ¡pero yo no funciono así! ¿Es eso lo que ella cree? ¡*Tiene que* haber muchas cosas que quiera preguntarme! ¡Mark! ¡John! ¡O algo por lo que quiera regañarme! Al menos algo que quiera sacar a la luz, teniendo en cuenta que mi presencia en el mundo tiene que haber marcado su existencia de distintas maneras, *tiene que* haber muchas cosas que quiera contarme y sobre las que tenga una opinión, pero mi hermana, que odia la idea de que yo llene tantos espacios de mi madre, se lo ha negado, de modo que no puede expresar su deseo de hablar conmigo, ni siquiera si desea ponerme verde, y por esa razón lo ha reprimido durante tantos años, con el fin de conservar y satisfacer a mi hermana, hasta el punto de haberlo enterrado por completo, ¿estoy muerta para mi madre?

¿Culpo a mi hermana para ponérmelo más fácil? Tengo amigas que mantienen un contacto constante con sus viejas madres, y, sin embargo, dejan sin sacar a la luz preguntas vitales, dejan de preguntar por miedo a la indignación, rabia o rechazo, creen que no recibirían respuesta si se atreviesen a preguntar, y las pocas que han preguntado sin encontrarse con rabia o rechazo, han recibido respuestas indiferentes, del tipo: Bueno, quién sabe, la vida no es fácil, etc. ¿Por qué se suicidó mi padre? ¿Por qué no se hablaban la tía Erika y el tío Geir? ¿Por qué no tienes contacto con tu hermano? ¿Por qué la tía Augusta no fue invitada a la confirmación? Quién sabe, la vida es complicada. Lo que yo añoro es inalcanzable. Lo más probable es que después de un encuentro con mi madre me marchara sabiendo más o menos lo que sé ahora, sería un encuentro en el que hablara con mi madre sobre el tiempo. ¿Pero incluso eso sería una especie de aclaración? No, seguramente tras un encuentro con mi madre me marchara con una decepción más profunda, más paralizante que la que ahora arrastro, así que por qué no puedo aceptar la situación, mi sentido común la ha aceptado, mi insensatez escribe a mi madre, no me entiendo a mí misma. Hasta ahora me parecía haber entendido mis problemas, mi dolor, incluso cuando era completamente paralizante, como cuando murió Mark, me había reconocido en él, pero ahora no me entiendo a mí misma. ¿Estoy dando largas a la separación de mi madre aposta? Ella me desafió y me venció cuando yo era una niña, luego yo la desafié de adulta y la vencí, ¿y ahora no puedo abandonar el campo de batalla por obstinación o por ambición?

Como siempre que la confusión era grande, fui al taller, cogí el pincel y pinté el campo de batalla como se ha hecho durante siglos, militares y civiles mutilados que se abalanzan sobre muertos y medio muertos para robarles armas, agua, joyas, heridos que intentan vendarse las heridas. Cuando dejé el pincel, pensé: ¿Estoy tratando su trauma de la guerra?

¡Tengo que hablar con ella de eso!

Cuando llamé al timbre, mi madre abrió.

No creo que mi madre fuera feliz de niña, no recuerdo haberle oído contar nunca nada bonito de su infancia. No creo que mi madre tuviera una adolescencia feliz, no recuerdo haberle oído contar nunca nada divertido o alegre de su adolescencia. Mi madre vivió toda su infancia y adolescencia en casa del tío Håkon y la tía Ågot en Hamar, porque el abuelo era un borracho y la abuela estaba enferma del pulmón y murió, tal vez pensaba que Håkon y Ågot la acogieron por caridad, en todo caso, nunca hablaba de ello. Håkon y Ågot nunca venían a vernos, nosotros íbamos a verlos alguna vez en otoño, en la peor parte de noviembre, cuando más frío hacía y todo estaba más gris, comprábamos un asqueroso medio cerdo y mi padre quería volver enseguida a casa, no le gustaba estar en esa pequeña granja que le recordaba los orígenes de mi madre, mi padre quería convertir a mi madre en una Hauk. Emancipada ya de la humilde granja de Hamar, mi madre podía parecerse a una estrella de cine, con su largo pelo color cobre, su blanca piel de porcelana, sus ojos marrón claro, y mi madre prefería ser estrella de cine en casa de mi padre a vivir a merced ajena en Hamar. Håkon y Ågot murieron sin pena ni gloria, lo que es la vida, tengo un lejano recuerdo de que mi madre fue en tren a Hamar para asistir al entierro, quizá me equivoque. Mi padre quería tener a mi madre para él solo, y mi madre quería pertenecer a mi padre, porque mi padre era un hombre refinado de una venerable familia a la que tenía que estar agradecida por aceptarla, pero el dolor de la infancia no desapareció por pasar a pertenecer a mi padre, ¿cómo sobrellevarlo? Mi madre no lo sobrellevaba, no se sobrellevaba a sí misma, ¿pero con quién podía desahogarse, si no hablaba con nadie, ni siquiera consigo misma? Relegada a la casa, la cocina y la oscuridad del lavadero del sótano, sobre todo en las frías mañanas de noviembre, mi madre nota su corazón hincharse, llena de una intranquilidad desconcertante, junto a la mesa de la cocina, antes de ponerse con ese aburrido y humillante trabajo, tras haberme enviado a mí al colegio y llevado a Ruth a la guardería. Lo entiendo punto por punto, pero demasiado tarde. ¡Mamá!

O te invento con palabras.

No puedo llamar al timbre de abajo, si lo hago, ella preguntará por el telefonillo quién es, y cuando oiga que soy yo, no abrirá, no se lo permiten. Tendré que llamar al timbre arriba, en el tercer piso, mañana, a las diez y media, después de que Ruth la haya llamado para preguntarle cómo ha pasado la noche, si se ha tomado la medicación, ha desayunado y está leyendo el periódico. Diciembre y mañanas oscuras, pero también el mes para ir de compras con Rigmor, tiene que comprar regalos de Navidad para mucha gente, pero las diez y media es demasiado temprano para empezar con las compras, las diez y media es la hora adecuada.

Llego en el coche, busco un sitio para aparcar y pago tres horas, por si acaso. No debo vacilar ni pensar, solo hacer lo que he venido a hacer. Voy por el mismo camino que la última vez hasta la puerta verde, está cerrada. No me lo esperaba, ahora que estoy emocionalmente preparada. Miro a mi alrededor, no veo a nadie, me cuelo en el seto de tuyas que crece a lo largo de la verja que da a la finca vecina, donde me he colocado otras veces, me doy media hora, pero no debo estar atontada como la última vez, sino muy atenta. Pasan diez minutos, todo está en silencio, los gorriones revolotean alrededor de una bandeja con comida para pájaros que hay en el segundo piso, si mi madre tiene una de esas bandejas en la terraza tal vez esté estudiando a los gorriones que se han posado en ella, yo estoy a salvo, sentada dentro de un seto sin oír cantos de pájaros ni coches, solo mi propia respiración decidida. Se abre la puerta verde, y el joven que un día, hace unas semanas, salió y cogió su bicicleta, sale sin cerrar la puerta tras él y coge la bicicleta, que tiene ruedas de invierno, voy hasta la puerta, la abro y entro, me habría gustado cerrarla, pero no tengo llave. No cojo el ascensor, subo por la escalera hasta el tercer piso y me quedo frente a la puerta, mirando la placa. También en las otras puertas hay solo un nombre. Oigo que se abre la puerta de abajo, subo sin hacer ruido hasta el ático, entran dos hombres charlando y parece que suben por la escalera hasta el primer piso, donde abren una puerta, yo vuelvo a bajar hasta la puerta de mi madre, no es ilegal, puedo hacerlo, llamo al timbre. Lo oigo sonar dentro, pero no oigo pasos. Con una especie de alivio pienso que después de todo no está en casa, sin embargo vuelvo a llamar, espero, me parece oír pasos, oigo un tintineo, la puerta se abre cautelosamente, mi madre tiene puesta la cadena de seguridad, detrás veo su cara, que se sobresalta al verme, hace un gesto de susto y retrocede como si yo fuera un monstruo, un miedo atroz recorre sus ojos salvajemente abiertos, cierra la puerta de un portazo, mamá, grito, llamo a la puerta, solo quiero hablar, grito, nada más que eso, digo, más tranquila ya, llamo con la mano en vano, ella ya ha avisado a Ruth o al conserje, he fracasado.

Bajo tranquilamente la escalera y salgo, como hace uno cuando se han franqueado límites y roto tabúes, no tan angustiada como antes, no he hecho nada ilegal, voy hasta el coche, me meto, saco el teléfono, escribo un mensaje de texto: No he querido asustarte. Solo quería charlar un rato.

Observo que me tiemblan las manos.

Nadie contesta. Me quedo un rato esperando, pero nada.

Noto que el corazón me palpita con fuerza, pero no es el mismo corazón de siempre, estoy enfadada.

Me voy a la cabaña, es una buena decisión.

Ha nevado arriba, en la colina, está todo blanco. Los angustiosos y exaltados ojos de mi madre, estuve a punto de decirme: Pero si no le he hecho nada. El móvil está sin sonido en el fondo de la mochila, me he traído vino. Aparto la nieve de la piedra de la entrada y me siento en ella, las piedras lisas están para sentarse en ellas, miro la blancura que me rodea, reluciente, intacta, qué bonito está todo, y sin embargo ¿no me basta? Ella se encontraba a tanta distancia que no podía verme, había colocado un fantasma donde se imaginaba que estaba yo, y le tenía mucho miedo. Me paso de largo, porque nunca he tenido un pensamiento tan intenso que no haya podido dejar atrás y seguir adelante, de manera que cuando ahora continúo andando, supongo que pasará lo que está escrito, doy un rodeo por el bosque de abetos, donde el fondo está oscuro, y cuando salgo de él, veo las huellas del alce en el prado delante de mis ventanas, saco la llave y abro, no estoy sola en el mundo, enciendo la chimenea de ladrillo y la estufa de hierro, abro el vino, lleno una copa y bebo, espero a quitarme la ropa de abrigo hasta que el termómetro marque los prescritos dieciocho grados, lo tengo grabado a fuego. Está anocheciendo.

Dieciocho grados, me quito la ropa de abrigo y saco el móvil, un mensaje de Ruth: «¿No has entendido que mamá no quiere saber nada de ti? No quiere que llames a su puerta. Lo encuentra de muy mala educación y muy desagradable. Si no lo respetas, tendrá consecuencias».

Si no lo respeto, tendrá consecuencias. ¿Qué clase de consecuencias? La situación tal y como es ahora tendrá consecuencias, que Ruth escriba un mensaje como ese tendrá consecuencias. Está ardiendo sin llamas.

Lo que ocurre es que mi hermana no da a entender de ninguna manera que la situación es difícil, que nos encontramos ante una situación existencial exigente. Escribe como si ellas nunca se hubieran sentido desorientadas, como si este asunto nunca les hubiera resultado delicado, escribe como si todo hubiera sido obvio, sencillo, sin preocupaciones, como si hubieran actuado basándose en un cálculo racional y moral: Cuando Johanna actúe así, nosotras actuaremos asá, estamos en nuestro derecho.

¡Pero yo sé que no es así! Al menos no para mi madre, admitidlo: pena, dolor y llanto no solo por lo que piensen los vecinos y la gente, sino por la relación conmigo. Pero Ruth no quiere ver el dolor de mi madre por la ruptura conmigo ni formar parte de él, porque en ese caso la situación sería más inmanejable para ella, y, no obstante, la complejidad se pone en evidencia en la palabra *desagradable,* porque si hubiera sido sencillo y obvio, el desagrado no habría sido tan grande, la puerta no se habría cerrado tan deprisa, con una dureza tan llena de pánico, hay en ello dolor, admitidlo, ¿podemos empezar desde ahí?

¿Empezar desde ahí, qué?
¿Qué habrías querido que ella escribiera?
Que opina que la situación es difícil, que comprende mi deseo de establecer contacto, pero que está confusa.
¿Habría sido mejor así, aunque al fin y al cabo hubiera dicho que no, por consideración a nuestra madre?

¡Sí! ¡Y si no hubiera usado la expresión «mala educación»! ¡Como si fuera evidente que mi humilde petición es indebida e inmoral! Y si de verdad opina que el que le escriba o la llame es perjudicial para la salud psíquica de nuestra madre, podría haber escrito que nuestra madre «se pone fuera de sí», lo que habría sido admitir implicación y responsabilidad. Pero escribe como si mi madre hubiera hecho siempre lo que ha podido, y cuando las cosas no han salido bien, se debe a casualidades o errores cometidos por los demás, sobre todo por mí, ¿no puedo contener mis necesidades egoístas y dejar de atormentar a mi madre? ¡No, eso es justo de lo que no soy capaz! Y, por cierto, lo mismo puedo reprocharle a Ruth, porque cuando quiere mantener a mi madre alejada de mí es por propia necesidad, no me cabe la menor duda, porque no es creíble que, en lo más profundo de sí misma, mi madre no quiera saber nada de lo que yo pueda contarle sobre mí, sobre Mark, y en especial sobre John, que tiene un hijo, Erik, ¡su bisnieto! Si mi madre se asusta al encontrarse con mi empeño es porque se siente igual de presa de la situación que siempre, porque sus vigilantes tenían, tienen, todo el poder, aunque actuaron, actúan, con las mejores intenciones, rompieron el billete de avión para Yellowstone, Montana, borraron mi número de su teléfono, pero la persona a la que le rompen el billete de avión o le borran números del teléfono se siente encerrada y podría llegar a hacer daño a las personas con las que accidentalmente está encerrada, por ejemplo, a sus hijos, porque la persona a la que le rompen el billete de avión para Yellowstone, Montana, no trabaja, no gana dinero, no conduce y por tanto depende de alguien que lo haga, se siente dirigida y humillada, porque es humillante ser desautorizada y tratada como una niña cuando una es adulta. Y cuando eso ocurre, la infancia vuelve, esa estúpida infancia, esa dura infancia que tal vez te predestinó a acabar en brazos de alguien que te romperá el billete de avión, y cuando eso ocurre, vuelves a ser la niña que fuiste, y la herida que tenías de pequeña y que toda tu vida has luchado por cerrar, vuelve a abrirse y sangrar. Estás en poder de otro, por eso te golpea el corazón, por eso te arde el cerebro, si no toleras los golpes del corazón, el fuego del cerebro, si no te rebelas contra la encerrona de la existencia, las puertas cerradas, el destructor de billetes de avión y el que borra números de tu teléfono, y te das cabezazos contra la pared, te dicen que tienes el cerebro retorcido. Lo entiendo con la cabeza y lo entiendo con el corazón. Una mujer da a luz a una niña y no sabe cómo manejar a ese desamparado ser que le han puesto en los brazos y depende de ella, de ser manejada por ella. ¿Pero cómo manejar a un bebé cuando no eres capaz de manejarte a ti misma? La niña se convierte en una carga, la niña se convierte en un desafío imposible, porque cómo cargar con la niña cuando eres incapaz de cargar con la niña que eras, que vive en el cuerpo de todos, y sobre todo en el cuerpo de la que pierde a su madre tan pronto que apenas la recuerda, y que por eso la lleva como un vacío en el cuerpo, como todo el mundo lleva a su madre como un vacío en el cuerpo, mayores o pequeños, vivos o muertos, razón por la cual intentamos llenar el vacío, para poder vivir nosotras o librarnos de las madres, pero, si nos consideramos capaces, en lugar de ello cargamos con la culpa de habernos librado de ellas. No quedas libre sin convertirte en culpable, y, de todos modos, ya eras culpable de antemano, te convertiste en culpable ya de niña, porque te dedicabas al transporte de dolor, transferías tu dolor a tu hermana o a tu muñeca, que no se ponía guapa estando contigo, encerrada en una habitación en una casa con una puerta demasiado pequeña para salir de ella, así que todo intento habría sido un asunto sangriento, seguramente mortal, pero yo reventé la puerta y fue un asunto sangriento, y ahora estoy sentada en una cabaña en el bosque con un alce.

¡Conque me imagino que he conseguido quitarme de encima a mi madre, ja, ja!

Cuando tenía catorce años y había dejado de comer, estaba a veces en desacuerdo con mi madre en asuntos de política, ella opinaba siempre lo mismo que mi padre, pero era incapaz de defender esos puntos de vista cuando él no estaba presente, opinaba que yo le faltaba al respeto cuando no estaba de acuerdo con ella, decía: ¿No tienes corazón?

Otra variante era: El corazón se te ha endurecido.

Y por ser mi madre, todo lo desagradable que decía resultaba siempre más desagradable que si lo hubiera dicho otra persona.

No me acordaba entonces de lo que sobre el corazón, la cabeza y la garganta había escrito en mi diario, hacía mucho tiempo que estaba enterrado en el jardín de la señora Benzen, los años eran largos en aquella época. El diario y el resto del contenido de la caja se habían reprimido por necesidad mucho tiempo atrás. Una es más sabia a los diez que a los catorce años.

Pensaba mucho en mi corazón duro, porque notaba que estaba duro, y me preguntaba cómo sería tener uno tierno, se lo comenté a Fred y me dijo que había leído en algún sitio sobre un tipo que afirmaba tener la inteligencia en el fondo del corazón, y que tal vez fuera también mi caso. Pensé que al haber vomitado tanto últimamente tal vez hubiera abierto el paso entre el corazón y la cabeza, de tal modo que habían entrado en contacto, y sería un peligro para mis padres que el corazón y el cerebro empezaran a colaborar, mientras mi madre seguía con la garganta cerrada, por lo que solo consultaba a lo que ella llamaba su corazón, que mentía.

Escribí: Querida Ruth, comprendo que pillara a nuestra madre desprevenida cuando he llamado a su puerta. Pero es porque nunca ha respondido cuando me he dirigido cortésmente a ella. En absoluto es mi intención molestarla o entablar una conversación que de alguna manera pudiera resultarle incómoda. Pero me imagino que tenemos mucho de que hablar, que nuestra madre tiene preguntas sobre mi vida y mis actividades que yo quiero y puedo contestar, y viceversa. Solo deseo eso.

Un cordial saludo de Johanna.

Lo envié a las 20:30 con la esperanza de recibir una contestación esa misma noche. Cuando a las 22:30 no había recibido nada, comprendí que no la recibiría.

Las lechuzas vuelan cuando llega el crepúsculo, la oscuridad se hace más densa y el viento se apodera del bosque. Apago la luz y me acuesto, escucho el creciente susurro de los temblorosos árboles, el viento es tan fuerte que pienso que los nidos de los pájaros se desprenderán de las ramas y caerán al suelo, que habrá lluvia de nidos. Los árboles crujen, y sus raíces chasquean por las profundidades debajo de mi cabaña, la tierra tiembla, mi cama vuela, y la oscuridad se vuelve más oscura, pero no lo bastante para el misterio, que es demasiado denso, demasiado impenetrable, la materia oscura existe a pesar de que ningún barómetro la registre, noto que la tengo en el cuerpo.

Compartimos circunstancias. Todos estamos perdidos en una existencia para la que no existe ningún sentido u objetivo obvio, podemos esforzarnos todo lo que queramos, que nunca nos libramos de la inseguridad, los peligros inminentes, las enfermedades que llegarán, las pérdidas y el dolor que nos esperan, el hijo perdido, el hermano, el pasado que de repente ha vuelto y llama a la puerta. Todos vamos a experimentar y todos hemos experimentado que una persona a la que amamos y sin la que no podemos vivir se pone enferma y está a las puertas de la muerte, y no podemos sino estar sentados al lado de su cama, impotentes y paralizados, y cuando esas personas de las que no podemos prescindir mueren, tenemos que velar por ellas mientras se van quedando más frías y más pálidas, y luego salir al ruido y al jaleo de la calle, al parpadeo de los semáforos y los gritos de las cornejas en los árboles, atormentados por todas las cuestiones prácticas que tenemos que organizar para el entierro, sin olvidarnos de publicar una esquela. Lo hemos vivido todos y lo volveremos a vivir, y después del entierro estaremos de luto durante semanas, tal vez años, tal vez hasta cuando nosotros mismos vayamos a vivir el momento de la extinción. Pero si la persona que te ha herido o a la que tú has herido muere antes de que hayáis podido hablar, porque nunca habéis hablado de verdad sobre la gravedad de la existencia, y las exigencias de la vida nunca ha sido tema de conversación, seguramente será peor, un peso añadido a la carga, que si hubierais podido desahogaros, si os hubierais entendido en la medida en que eso sea posible para las personas, una conversación aclaratoria seguramente habría disminuido la falta de sentido, la falta de objetivo, la propia circunstancia, no hay mucho sobre lo que el ser humano tenga poder, que esté al alcance del ser humano, pero eso sí lo está.

Llevo una vida secreta en la conciencia de mi madre, y mi madre una secreta en la mía, pero estoy a punto de desenterrarla de la oscuridad, de sacarla a la luz, y lentamente saldrá, porque quiero que ocurra.

Recuerdo una fotografía, seguramente de mi decimoctavo o decimonoveno cumpleaños, no, fue cuando entré en la universidad, fue entonces, cuando acababa de ser admitida en la facultad de Derecho, eso es, tenía diecinueve años y medio. Mi madre y yo estamos delante de la universidad, mi padre sacó la foto, el edificio de la universidad al fondo, yo llevaba un vestido malva, creo, no sé si lo recuerdo solo por la foto que pegué en el álbum en el que pegaba fotos oficiales, fotos de la clase del colegio, fotos de la confirmación, y por supuesto fotografías de Nochebuena, de cumpleaños, y de Diecisietes de Mayo, las fotos que me daba mi padre, él era el que hacía de fotógrafo. Tiré el álbum antes de marcharme con Mark, recuerdo que me llevé ropa, las cosas de aseo y las de dibujar, nada más, no tenía nada más, dejé el resto en el piso de mi padre, nada de aquello era mío, ni la tetera ni las toallas, ni siquiera los libros eran míos, tenía el álbum en las manos, sopesándolo, salí al contenedor de la basura y lo solté dentro.

El edificio de la universidad al fondo, mi madre con un traje pantalón color verde musgo que estaba tan de moda entonces, esbelta, con el pelo suelto y una cinta azul marino, cogida de mi brazo, yo pálida, con el pelo no tan rojizo, recogido en una trenza a un lado, muy seria junto a mi madre, ella sonriendo al fotógrafo, mi padre, ahora nos amplío. Yo tenía diecinueve años y medio y no entendía nada, pero había iniciado una especie de diálogo conmigo misma, tenía un buen discurso. Mi madre tenía más de cuarenta años y su futuro estaba sellado, ella lo sabía, y, ¿cómo iba ella a llevar ese conocimiento y esa represión en los que estaba condenada a vivir?, ¿renunció al diálogo consigo misma? Vivir conscientemente requiere un gran esfuerzo. Mi madre estaba excluida de sus verdaderos sentimientos y adoptó maneras de hablar, fórmulas aprendidas y gestos convencionales. Si todo lo que ves lo compras, cuando los demás rían, tú llorarás. En la foto parece que estamos muy unidas, las dos juntas en las escaleras de la universidad, pero yo ya había dejado de preocuparme por sus consideraciones morales, sus «eso no se hace», sus motivos de decencia, durante años y años mi atención se había centrado en ella, preguntándome qué *quería*, qué sentía en el fondo de su corazón, como se dice, pero delante de la universidad había renunciado a saberlo, lo que veo ahora cuando amplío mi cara es el mal de amores de una diecinueveañera, y el objeto del mal está a su lado, vestida con un traje pantalón, y es por ella por la que ahora, tantos años después, siento una gran compasión, mi pobre madre. Pero quizá me engañen los recuerdos, tal vez los enredo, falseo y distorsiono en un intento de entender mi presente, quizá los reinvento para poder sobrellevarlos ahora, quizá los diseño de tal manera que no desafíen mi actual umbral de dolor, quizá esté librando una lucha interior, estableciendo un diálogo con mi madre, constantes negociaciones sobre lo que pasó, cómo, y por qué, y sobre qué era lo justo.

Me desperté con esto: Obviamente, no entiendes el dolor y la pena que has causado a tu familia con tus grotescos cuadros. Jamás has mostrado ningún agradecimiento por todo lo que tus padres te han dado y hecho por ti durante todos estos años, por los innumerables regalos que has recibido de nuestra madre antes de que se te ocurriera marcharte y dejar atrás a tu marido y a tus padres, todo lo contrario, los has caricaturizado de una manera profundamente ofensiva, con el fin de hacerte la interesante, adornándote de una mala infancia, porque eso es lo que debe tener una «artista». ¿Cómo crees que vivieron nuestros padres el que *Hija y madre* se expusiera en Gråtveit? Ella no salió a la calle durante el siguiente medio año, porque notaba las miradas y las habladurías de la gente, y no tenía con qué defenderse. A nuestra madre le has robado la vida, entregando al mundo un cuento sobre ella carente por completo de fundamento, ¿pero cómo va a saber eso la gente, que tergiversas todo con el fin de hacerlo encajar en tu proyecto vital, sin pensar que los proyectos de otras personas son igual de valiosos? Y no volviste a casa cuando nuestro padre enfermó, no viniste a su entierro. No te puedes imaginar el dolor y el susto que aquello produjo a nuestra madre. Hasta que las puertas de la iglesia no se cerraron, tuvo la esperanza de que aparecieras y nos acompañaras durante ese rato tan especial. Ella consideró en esos días quitarse la vida, y me temo que pueda hacerlo ahora si no dejas de intentar comunicarte con ella. Has mostrado una falta de consideración imperdonable. Las dos te rogamos que te mantengas alejada. No tienes ningún derecho a nada, ni de nuestra madre ni de mí.

No firmaba con ningún nombre. Ya no nos llamamos por el nombre de pila. Marcharte y dejar atrás «a tu marido y a tus padres», escribió, no se nombró a sí misma, la hermana, porque ella no se metía, o porque en mis fotos no había rastro de ninguna hermana.

El bosque está más blanco y silencioso que ayer, en la última parte de la noche, cuando cesó la tormenta y yo dormía ya profundamente, cayó una alfombra de nieve atenuante y tranquilizadora, es mejor que me quede aquí.

Es verdad. No tengo derecho a nada, solo debo tomar nota de que es así como ellas viven la situación, mis cuadros, que consideran una crítica indirecta, o, mejor dicho, directa, a la familia, ¿pero no son ellas responsables, en cierto modo, de interpretarlos de un modo tan subjetivo? ¿Una artista no puede titular sus obras con palabras como hijo, madre, padre, familia, porque su madre, padre, familia reales podrían interpretarlas como retratos de ellos mismos?

Claro que sí, pero sé sincera, ¿no era tu madre la que tenías en mente al crear las obras? No, era el sentimiento de la niña lo que intenté expresar, algo que sin duda comparto con muchos, pero que, como es natural, está indisolublemente relacionado con las personas en cuyas manos está el niño, lo que intento expresar es la dependencia del niño, todos los niños son dependientes, era esa dependencia la que quería mostrar en aquellos tiempos en los que todavía luchaba contra ella. ¿Debería haber prescindido de tematizar una compleja relación padres-hijos en la que muchos se reconocerían porque una determinada madre podría identificarse y sentirse herida?

Ahora bien, ¿una artista tiene que estar preparada para que una madre específica pueda sentirse herida u ofendida por una obra, no hay que sorprenderse por ello, y sobre todo cuando la madre de la obra es pelirroja, como la madre de la artista? Pero yo misma soy pelirroja, yo misma soy madre, acababa de convertirme en madre cuando pinté ese cuadro, quizá por eso lo pinté, también puede tratarse de un autorretrato, porque un cuadro dice siempre más sobre el autor que sobre otras personas,

¿eso no lo ven? ¿Son tan miopes y egocéntricos que solo se ven a ellos mismos, a la vez que opinan que han sido retratados de un modo incorrecto? ¡Somos nosotros, pero no somos así! Incapaces de ver lo general, se sienten tan agraviados que se vuelven insensibles, hablando de «los regalos de nuestra madre», cuando lo que deberíamos discutir son las crisis de nuestra madre. Desde pequeña tuve una herida y una puerta abiertas que no controlaba, y por esa puerta entró mi madre para infectarme con su desgracia, ¿no la tienen todos los hijos, no lo hacen todas las madres, incluida yo misma?

¿Por qué argumentas con tanta vehemencia? Ellas solo exigen que tengas claro que la elección que hiciste cuando aceptaste exponer *Hija y madre 1 y 2* en su ciudad suponía un coste que tienes que asumir.

No, no lo acepto, no puedo aceptarlo sin protestar y oponerme, y por razones de principios, de la misma manera que quiero polemizar contra todos los que se aferran a su odio, que no se atreven a dejar atrás el odio para no tener que sentir dolor. Porque no creo que mi madre no se sienta infeliz por no tener contacto conmigo, y si no se siente infeliz, sino solo enojada y enfadada, entonces el enojo y el enfado son el dolor distorsionado.

¿Mi madre me ha infectado con su desgracia heredada y yo he infectado a John con la mía? Si es así, estaré a su disposición si él me lo pide, no importa de qué manera, le instaré a que me lo cuente e intentaré por todos los medios verlo desde su lado.

Llamo a John, es domingo por la tarde. No coge el teléfono.

Vimos *Billy Elliot* juntos. John tendría unos dieciséis años. Mark no había muerto, John no estaba de luto, que yo supiera, pero Mark no estaba en casa, solo estábamos John y yo, tumbados cada uno en un sofá viendo por casualidad *Billy Elliot*, seguramente un domingo. Cuando el pequeño Billy leyó la carta de su madre muerta, John dejó escapar un sonido que intentó contener. Lo miré de reojo y vi una lágrima correrle del ojo izquierdo, desvié la mirada al instante, comprendí que si no se la secaba era para que yo no me percatara de ella. ¿Qué era lo que yo no debía ver? ¿Le daba pena Billy, que no tenía una madre a quien contar sus problemas? ¿O se identificaba con Billy aunque me tenía a mí? ¿Tenía la sensación de no poder hablar conmigo de sus problemas? Yo ni siquiera sabía si los tenía. Pero aunque la madre de Billy hubiera vivido, me dije, no es seguro que su hijo hubiera confiado en ella como él se imaginaba que habría hecho, porque ella estaba muerta, y es más fácil inventarse a una buena madre muerta que a una viva, y sin embargo, tanto a la madre muerta como a la viva las inventamos en el fondo buenas.

Encuentro *Hija y madre 1 y 2* en el ordenador y me vuelve aquello de lo que hui, el sentimiento de la infancia, pero como forma, recupero el sufrimiento, pero como forma, eso es el arte.

El arte forma a la artista, la disciplina.

La artista no se relaciona con la realidad como tal, sino con lo que resulta artísticamente interesante. La realidad es comprar detergente y papel higiénico, billetes de autobús, facturas, cepillado de dientes y estreñimiento, meter y sacar la vajilla del friegaplatos, la realidad no es interesante, la verdad es interesante, pero difícil de captar, de rodear, de alcanzar.

La relación de la obra con la realidad carece de interés, la relación de la obra con la verdad es decisiva, el valor de la verdad de la obra no se encuentra en su relación con la llamada realidad, sino en el efecto que tiene en el espectador.

Quizá mi madre buscara ayuda profesional cuando lo de *Hija y madre 1 y 2* para poder soportar el dolor psíquico que, según Ruth, yo le había causado con ese cuadro. No voy a quitar importancia a lo que supuso para ella *Hija y madre* como un repentino comunicado de la hasta entonces tan callada hija al otro lado del océano, pero eso no era lo peor, seguramente mi madre no se hacía ilusiones sobre mi relación sentimental con ella, si le hubiera enviado *Hija y madre 1 y 2* en privado se habría alterado, pero nada más, lo que le molestó fue que todo se expusiera públicamente. Sin embargo, no creo que fuera a ver a un psicólogo en aquella ocasión, buscar la ayuda de un psicólogo habría sido admitir la necesidad de ayuda para algo más que para los quehaceres prácticos, y eso era algo muy difícil para mi madre, seguramente una lesión de la infancia. Por la misma razón, tampoco se le habría ocurrido ir a ver a un psicólogo para pedir ayuda para manejar la nueva situación surgida ahora con la vuelta de la hija pródiga que quiere contactar con ella, porque un psicólogo preguntaría por qué rechaza de un modo tan tajante y consecuente todos los intentos de contacto de la hija, y qué contestaría entonces.

Ella se ha colocado o la han colocado en una situación en la que el dolor por haber perdido a una hija no se puede expresar.

Me imagino que prefiere tratar con gente que le siga la corriente, y que a la gente le resulta fácil seguirle la corriente, porque ella parece frágil, porque mi madre, al menos cuando yo tenía trato con ella, era experta en poner cara triste y de circunstancias, la cara de alguien que se ha centrado en sus propios agravios, convirtiéndolos en su identidad. Además, es vieja, y de los viejos hay que sentir lástima por definición, los viejos despiertan instintivamente nuestra compasión. El joven peluquero y la joven médica sentirán compasión si mi madre les cuenta que su hija mayor se marchó un día y estuvo años sin dar señales de vida, y ahora, de repente, ha vuelto para *exigir* algo, y seguramente ni uno ni otra se pondrán a pensar —o al menos no se mostrarán abiertamente críticos— en la versión ofrecida por mi madre, la verdad no tiene mucha importancia en una confesión tan vulnerable, y, además, ¿cuál es la verdad? Si una señora mayor con cara triste y voz temblorosa habla de dificultades serias en su vida, no se le hacen preguntas críticas ni se le invita a una conversación filosófica sobre el reparto de culpabilidad, nada de Gregers Werle, sino que, intuitivamente, se procura consolarla.

Me avergüenzo de que una persona tan corriente tenga tanto poder sobre mí, antes de recordarme a mí misma que ella me sacó a presión de su cuerpo, y, por propia iniciativa o imposición ajena, me puso a su pecho, al que me agarré con mi pequeña mandíbula para absorber de él un líquido vital, sintiendo tal vez miedo de que ella se vengara por mi voracidad al consumir su sustancia, pero eso no ocurrió, en su lugar, yo sería la portadora del dolor que ella lograba contener.

Ruth no mencionó Yellowstone, Montana. ¿Mi madre le ha contado lo de mi intento de establecer contacto sin enseñarle la carta en la que yo menciono lo de Yellowstone, Montana? Mi madre le oculta Yellowstone, Montana a Ruth, le presenta una historia sin fisuras.

Había fotos del bautizo. Las miraba con el café de la mañana, mientras contemplaba el intacto manto blanco de fuera,
en blanco y negro. Una de la familia de mi padre delante de la
iglesia de piedra, y otra solo de mi madre y yo, mi madre tiene
a la bautizada, que soy yo, en brazos, con su mejilla junto a la
mía, parecemos felices, pero mi madre estaría pensando en que
ella, no mucho después de su bautizo, fue colocada con el tío y
la tía Ågot en Hamar, que ya tenían un niño del que cuidar. Mi
madre está con su mejilla junto a la mía delante de la iglesia de
piedra y parece feliz, pero en qué estará pensando. Tal vez exis-
tan fotos de su bautizo en las que se ve a mi abuela con su mejilla junto a la de mi madre delante de una iglesia de algún sitio,
pero yo nunca las he visto ni se hablaba nunca de mi abuela materna, y rara vez del tío Håkon y de la tía Ågot de Hamar, porque no eran gente importante.

De niña, la estudiaba con intensidad, vigilaba hasta el menor de sus movimientos, intentaba descifrarla y percibía su añoranza por estar en otro lugar, no lograba alcanzarla. Cuando me hice mayor, me acercaba a ella con otra curiosidad, una curiosidad lingüística, entonces, al principio ella reaccionó con incomprensión, luego con distanciamiento, pero lo peor de todo era su manera de hablar. Cuando mi madre abría la boca, me convertía en una niña solitaria y extraña. Una joven murió en una avalancha de nieve en las montañas de Rondane en Semana Santa y yo no podía dejar de imaginármelo, de hablar de ello. Mi madre: No debería haber seguido adelante, hay que saber retirarse a tiempo. Es lo que digo siempre: la gente no se cuida. A veces la observaba cuando estaba con alguien y pensaba que a lo mejor me habría gustado tenerla de tía, colega, amiga, pero como madre no era buena para mí, aquello me produjo una herida interior. Y sin embargo, espero poder tener una conversación tranquila y aclaratoria con ella, ¿de dónde viene esa esperanza? ¿De ahí?

Lo peor entre nosotras ocurría siempre cuando una de las dos o las dos nos sentíamos desesperadas, acorraladas. ¿Pero si nos encontráramos en un lugar no desesperado, ese lugar podría hacer que nos relajáramos o se convertiría en un lugar desesperado en cuanto lo pisáramos?

La figura alegórica de la justicia, la señora Justicia, es una mujer. Porque la mujer es madre y se tiene la idea de que la madre ama a todos sus hijos por igual, por lo que no hace ninguna diferencia entre ellos ni desfavorece a ninguno, una madre es capaz de practicar la justicia.

Es un sueño anhelado. La madre trata de un modo desigual a sus hijos, porque la madre responde a sus demandas, y ellos se dirigen a ella de distintas maneras. Seguro que a una madre le resulta más fácil apreciar y pasar más tiempo con el hijo o hija que después de la primera infancia se dirige a ella con respeto, cariño y admiración, que no mira a la madre con una mirada crítica o acusadora, sino con comprensión, y en el momento en el que la madre mira con cariño al hijo afectuoso y con severidad al crítico, empieza la lucha. Los hermanos lo notan desde muy temprano, la lucha por la madre, y la madre nota la lucha por ella, independientemente de que la madre sea buena y aceptable o inaceptable hay una lucha por ella, sobre todo cuando los hijos son pequeños se lleva a cabo una lucha sangrienta por la madre, la familia es un campo de batalla, la madre es la reina, y la madre, que no es reina en ningún entorno más que el familiar, disfruta de su posición de reina y la alarga todo lo que puede. Quizá la batalla sea más sangrienta y brutal cuanto menos aceptable sea la madre, entonces los hijos tienen que luchar encarnizadamente por los pocos favores que ella ofrece, y a muchas madres les gusta la lucha y el ciego cariño que generan en alguno de su prole, y se nutren de sus expresiones de añoranza por el calor y las atenciones maternas, se imaginan que son la prueba de su capacidad como madre y ser humano, y procuran por ello, consciente o inconscientemente, estimular la lucha y alargarla, y los hijos no lo ven, solo quieren más de la madre, como le ocurrió a Ruth tras mi vuelta al país, me imagino, reclama más de su madre que antes, ha ganado a su madre y quiere conservar lo que ha ganado, no compartirlo. Yo invento a Ruth, eso es lo horrible, y Ruth me inventa a mí, y las dos inventamos a nuestra madre.

No debo olvidar que existen muchas clases de amor, y que los objetos de amor de las personas van cambiando a lo largo de la vida. Un hombre mayor tiene una nueva novia y se olvida de la esposa con la que ha vivido durante cuarenta años. Cuando un verano trabajé en una residencia de mayores, observé que algunos residentes querían más a los cuidadores que a sus hijos adultos. Cuando el hijo de la señora Ås iba a verla, ella se sentía decepcionada porque le había llevado flores y ella quería bombones y viceversa, y disgustada porque su nuera no había ido, o sí, en todo caso el hijo había cometido un error al casarse con esa mujer, y tampoco sus nietos eran gran cosa. Pero la señora Ås adoraba a Nina. Nunca hablaba de su hijo, excepto para hacerle reproches tras la visita, pero de Nina hablaba siempre en términos cariñosos, preguntaba por ella cuando no estaba de guardia y se le iluminaba la cara cuando llegaba. Si sonaba el timbre de la señora Ås, y yo respondía, sabía que la mujer preguntaría por Nina, y que la esperaría fuera cual fuera el motivo de la llamada si estaba de guardia. También la abuela Margrethe debía de sentirse muy unida a los cuidadores de la residencia privada en la que estuvo al final de su vida, recuerdo su entierro. Fue en mi período de hambre y los pasteles eran tentadores, pero me resistí y recuerdo cómo reaccionó mi padre cuando una cuidadora de la residencia Solgården tomó la palabra y nombró a la abuela por su nombre de pila, Margrethe. Contó que Margrethe iba a la sala de guardia cuando no podía dormir por las noches, y lo bien que lo pasaban juntas jugando a las cartas y contando historias, porque Margrethe era muy buena relatando episodios de su vida, dijo, mi padre se mordía el labio. Margrethe hacía trampas jugando al póker, añadió la cuidadora, en su dialecto del oeste y con una sonrisa, mi padre, sentado en la cabecera de la mesa, se encogió e hizo una señal al maestro de ceremonias para que interrumpiera a la mujer, yo conocía esa señal, pero el maestro de ceremonias no le obedeció, y la cuidadora dio una imagen de Margrethe Hauk que a mí me resultaba completamente desconocida, y seguramente también a mi padre, o eso parecía. La verdad es que yo la había visto en contadas ocasiones, pero recordaba su voz de las conversaciones en mis cumpleaños, grave, parca, autoritaria, mientras que esa mujer hablaba como si Margrethe hubiera sido tranquila, encantadora y abierta, y mi padre puso una cara infantil y no paró de hablar durante el camino de vuelta de Bergen a casa de lo inoportuno que había sido que una mujer gorda sin educación hubiera dicho que la señora Margrethe Hauk hacía trampas jugando a las cartas.

Porque de niños todos hemos sido tremendamente vulnerables en relación con nuestra madre, y siempre lo seremos en algún lugar del cuerpo y del alma, todos los seres humanos son ambivalentes en cuanto a la madre, y por eso a menudo está ausente de las películas *feel good*. La figura materna desplegada a tamaño real evoca toda clase de sentimientos contradictorios del tipo *feel good*. En la película *feel good* por excelencia, *Love Actually*, las madres no se muestran salvo como figurantes periféricas, a pesar de las distintas relaciones amorosas o familiares que aborda la película. De las madres que aparecen, la principal está muerta, la otra es menos madre que esposa traicionada, y seguramente esposa traicionada porque es mucha madre, hasta el extremo de ser incapaz de abandonar a su marido infiel. El que las madres hubieran tenido el lugar que ocupan en la vida real, con toda su ambivalencia, se habría cargado la película, es una madre la que escribe esto. En *Hedda Gabler* no hay ninguna madre, mientras que el general Gabler y sus pistolas planean sobre las aguas, nos enteramos de que Jochum, el difunto padre de Jørgen Tesman, ha muerto, pero no se menciona a la madre en las obras de Ibsen, en las que la madre desempeña un papel central suele ser lo que antes y ahora llamamos una mala madre. En la enorme obra de Søren Kierkegaard, epístolas, cartas y diarios incluidos, donde el padre aparece todo el tiempo como el punto alrededor del que giran todas las tormentas, la psique, la fe y la escritura del hijo, la madre no se menciona ni una sola vez, con una sola palabra.

La madre de la realidad, la vivencia de la madre concreta está entretejida con el mito de la madre, pobre madre y madres y yo misma, que llevamos la cruz del mito.

Había intentado imaginarme cómo reaccionaría si John de repente se marchara lejos sin informarme previamente. Me lo habría tomado muy a pecho, me habría preguntado en qué me había equivocado. No por qué se iba y menos si era para seguir a una mujer de la que se había enamorado o para iniciar una formación que solo existía en el lugar al que se dirigía, no, no lo creo, pero me habría preguntado por qué no me lo había contado. No intentaría convencerlo de que no lo hiciera ni criticaría la decisión que había tomado, lo apoyaría como lo apoyé cuando me contó que iba a irse con Ann a Dinamarca, estoy segura. Pero yo no podía hablar con mis padres de mis planes, porque se habrían puesto histéricos, me lo habrían prohibido, tal vez intentado impedírmelo físicamente, encerrándome, no creo que sean imaginaciones mías. Recuerdo que consideré la posibilidad de contarles lo del viaje, pero lo descarté por miedo a que mi padre fuera en busca de Mark y lo amenazara o matara, ese miedo me recorría el cuerpo, pero tal vez fuera porque sabía lo mal que mi marcha les sentaría socialmente a mis padres. No pensé para nada en Thorleif, qué curioso, o quizá precisamente no, ahora que sé más que antes. John se fue lejos, pero no de repente, y me contó lo del viaje y desde el primer momento le dije: ¡Vete! ¿Acaso con demasiado entusiasmo? Dije que Ann me gustaba y que me alegraba de que los dos hubieran conseguido trabajo en Copenhague, y nunca mencioné que sabía que había vacantes en la orquesta sinfónica de Los Ángeles, ¿debería haberlo hecho?

Me imagino que si él me hubiera escrito una carta para explicarme una posible ambivalencia en su relación conmigo, yo habría dicho que lo entendía, me imagino muchas cosas extrañas.

¡Quítate la venda de los ojos, abre los ojos pintándolos, abre sus ojos pintándolos, puedes hacerlo!

Entro en el taller, al vertiginoso olor a pintura y trementina, y meto el pincel en el bote blanco, luego me quedo delante del lienzo con los brazos colgando y el pincel goteando en el suelo, cuento las gotas y llego hasta seis.

Intento revelar las imágenes sumergidas de mi madre, pero es como si las escasas fotos que recuerdo del álbum rechazado ocupasen todo el espacio, y tengo que ir más allá de él, más allá de ellas.

Lo decisivo es que estoy relacionada con lo limitado y lo infinito. Y esa relación solo puedo sentirla cuando soy consciente de mi limitación, la sensación de ser limitada e infinita a la vez, yo y la otra, mi madre. Solo cuando tengo la sensación de ser *solamente* yo, la pequeña yo, siento lo ilimitadamente infinito, y solo siendo consciente de ello evito ser víctima de lo subconsciente. Si sigo ignorando lo que empuja desde lo inconsciente, corro el riesgo de fundirme con ello. El deber del ser humano, escribe Jung, es crear conciencia.

Traspasar el umbral de un mundo oculto que se encuentra en este, la transición invisible entre lo que comprendemos y lo que no podemos comprender, la experiencia de cruzar una frontera, el regreso de lo reprimido que cambia el paisaje, aparece esa ficha decisiva que sospechabas que faltaba, la imagen parece estar iluminada de otro modo y tienes que volver a orientarte en lo viejo, como cuando en un cojín con relleno se cose un botón, la aguja atraviesa el fondo del asiento, el hilo se tensa y de repente todo el cojín toma de repente su forma.

El tema es demasiado grande, podría dañar mi cordura.

Hice la compra de los productos de la realidad, papel higiénico y detergente, y volví al bosque blanco. Andaba sobre mis huellas, aquello ya se había convertido en un sendero, en una herida que se hacía más profunda conforme avanzaba, notaba el dolor acumularse en el pecho y en la parte inferior del brazo izquierdo, ¿seguía manteniendo la herida abierta y haciéndola más profunda?

Olía a nieve seca, y notaba el frío helado en la cara, como aquella vez que volví temprano del colegio, tendría unos nueve años, porque ya teníamos al nuevo profesor de Matemáticas, Hagås, así que estaba en tercero, calculo. Hagås iba de pupitre en pupitre preguntando si entendíamos los problemas, yo los entendía, por eso fue. Acabé la primera y me fui a casa sola por las calles vacías, llenas de nieve seca, notaba el frío en la cara como ahora, y recordé lo que no sabía que había olvidado, llegué a casa y sorprendí a mi madre. Entré y ella gritó asustada desde detrás de una puerta: ¿Quién es?, con voz de miedo, pero no podía ser nadie más que yo. Ruth estaba en la guardería, Ruth no volvía sola a casa, mi padre estaba en el trabajo, tenía que ser yo, no obstante, mi madre se asustó cuando oyó abrirse la puerta, dije: ¡Soy yo! No sirvió de nada, olía a miedo, oí cerrarse la puerta del cuarto de baño, ella estaba sentada en el váter, pero no era por eso.

Yo también tenía ya miedo, mi madre me contagiaba, pero quizá simplemente estaba en el váter, todo el mundo quiere estar solo en el váter, me quité corriendo la ropa de abrigo y subí las escaleras con el corazón latiendo a toda prisa, vi la puerta cerrada del baño, entré en mi cuarto y me senté en la cama con la puerta entornada, me pareció que mi madre tardaba mucho en salir sin haber tirado de la cadena, al final salió con la bata atada con un cinturón, encima de una falda y con las medias puestas, me pareció raro, se metió en su habitación sin mirarme, al cabo de un rato volvió a salir sin la bata, con la misma falda de cuadros azules y un jersey de manga larga, y fue a la cocina. Me acerqué sigilosamente a la puerta y la vi, estaba junto al fogón, de espaldas a mí, yo había vuelto demasiado temprano a casa para mi madre, quería volver a salir, ir a casa de alguna amiga. Fui al baño a hacer pis antes de marcharme, y vi un barreño en la bañera con una blusa blanca en remojo con manchas marrones rojizas en la parte de abajo de una manga, ella llamó corriendo a la puerta, intentó abrirla de un golpe, me pidió que abriera, hice lo que me dijo, fue como un rayo hasta la bañera, dije que tenía que hacer pis, ella me contestó que lo hiciera mientras ella estaba allí, vació el agua marrón del barreño y giró el grifo de la bañera, puso el barreño debajo del agua limpia y se quedó de espaldas a mí, con las manos en el barreño, frotando las manchas con manos febriles, sus codos subían y bajaban, al final después de todo no tenía que hacer pis, y salí insegura. La ropa que se pone a remojo debe estar en remojo toda la noche y luego hay que aclararla tres veces, me fui a mi habitación, pero no cerré la puerta. Mi madre salió después de haber aclarado la blusa más de tres veces y haberse mojado las mangas del jersey, porque no se había remangado, y ahora, en la cabaña, lo entendí de repente de un modo tan claro como el agua corriente, pero más profunda y más roja, mi madre, fuego de Hamar, mi madre, sangre de Hamar.

Mi madre llevaba siempre blusas, vestidos y jerséis de manga larga, también en verano, no se bañaba nunca cuando hacía calor, ni se ponía bañador o bikini. Mi madre tenía unas finas líneas blancas en el antebrazo izquierdo, se las veía cuando bañaba a Ruth, y yo estaba sentada en la tapa del váter mirando, a veces me dejaba mirar, yo creía que era algo de la naturaleza, una alteración natural, un adorno natural como su pelo rojo, como las pecas que parecían polvos de chocolate esparcidos sobre un capuchino, unas finas rayas blancas como un trozo de lino tejido en el antebrazo cuando ella creía que yo no lo veía, nunca en la cocina ni en el salón, nunca fuera, ni siquiera en el jardín en verano, todas las blusas de mi madre, todos los vestidos de mi madre eran de manga larga, pero yo no sabía por qué hasta ahora, nunca hasta ahora supe de qué eran esas rayas blancas.

Mi madre en la cocina con la mirada vacía en dirección a esa horrible luz que aparece algunos días otoñales de noviembre cuando hace mucho frío, un frío que recorre el cuerpo, aunque estés dentro de casa, una luz entre amarillenta y marrón que parece sangre coagulada y que coloreaba el cielo que pesaba sobre las casas y la pista de patinaje, que hacía que las manchas del asfalto parecieran perros atropellados, que transformaba las impurezas de los charcos en venenosos bichos a punto de cruzar la calle, subir a la acera y entrar en casa a picar y chupar, mi madre llena de una oscuridad sin palabras, el futuro sin palabras, oscuro, la garganta de mi madre cerrándose, el dolor de pecho de mi madre por estar encerrada, un encierro sin salida, el pecho de mi madre presionado por el frío, los bichos que cruzan la calle, la respiración sacada a presión de mi madre y sin nadie a quien dirigirse, mi madre se mete en el baño, coge prestada una de las finas cuchillas de afeitar de mi padre y libera ella sola su respiración.

Pienso en el pajarillo que encontré en el bosque esta primavera y que estaba luchando con una ala rota, incapaz de huir del lugar donde había caído por casualidad.

Las cicatrices no desaparecen, la cicatriz de mi madre en el antebrazo izquierdo tiene que seguir allí, tendré que ver el antebrazo
izquierdo de mi madre para comprobarlo.

Llamo a mi madre, no coge el teléfono, lo ha decidido. Escribo: ¡Querida mamá! ¡Hay muchas cosas de las que quiero hablar contigo! ¡Creo que podría ser bueno para las dos!

Un saludo cordial de tu hija Johanna.

No recibo respuesta.

Mi madre tenía que estar desesperada, pero sobre todo sola, sobre todo avergonzada. ¿Y si alguien descubriera que se sentó en el baño y se liberó con una cuchilla de afeitar? Mi padre no lo vio, mi padre no quiso verlo, no tenía conocimientos e inteligencia más que para los negocios, el pelo cobrizo suelto de mi madre. Más adelante, mi madre encontró otra manera de resolver el problema de su dolor, ¿buena suerte para ella, mala suerte para mí? Mi madre encapsuló su tormenta mental y asumió las convenciones de la sociedad en todos los aspectos de la vida, sus mandamientos y principios, interiorizándolos como un mapa que seguía en todo y sin poner nunca objeciones, era un mapa seguro por el que navegar, que daba respuestas inequívocas a cualquier pregunta, cualquier dilema, nunca fallaba, mi madre se encontraba a salvo mientras lo consultara, pero para que fuera tan válido como ella necesitaba que fuera, también tenía que serlo para los demás, sobre todo para sus hijas, para las que dibujó el mapa, metiéndoselo en la boca y obligándolas a tragarlo, nos metía el mapa por los oídos diciendo lo que se debe y lo que no se debe hacer, lávate las manos antes de comer, te has acordado de dar las gracias, una imparable verborrea en cualquier contexto, como si ese ruido indiferente que salía de su boca pudiera atenuar el dolor del corazón, se agotaba a sí misma con sus charlas, e intentaba nutrirse de sus jóvenes hijas, a las que tenía cerca, a las que dominaba controlándolas para compensar su falta de independencia, impidiéndolas llegar a todo lo que pudiera reducir su influencia, sobre todo a mí, porque se daba cuenta de que yo me alejaba y no le tenía *respeto,* era inoportuna e invasora, porque ella en el fondo se sentía impotente, yo había dejado de tener en cuenta su opinión sobre las cosas, ella siempre tenía que hacerse notar, ya que no podía cuando mi padre estaba presente, entraba en mi habitación cuando yo tenía visita para contarme alguna historia sin importancia sobre algo que ella había hecho correctamente, sobre alguien que la había elogiado por su capacidad de sacrificio, mi madre entraba en la habitación, y enseguida era ella la que llevaba la voz cantante. El verdadero mensaje solía ser: He vivido para otros. Ella creía en la grandeza del sacrificio o tenía que creer en ella. Obviamente, se había resignado a no ver cumplidos sus deseos, que había enterrado hacía mucho tiempo, pero que aparecían distorsionados, como repentinos accesos de cólera cuando sobre todo yo intentaba cumplir los míos. Para poder vencer la autodegradación y el autodesprecio es necesario que la vergüenza se convierta en rabia, pero mi madre se enfadaba conmigo y mis intentos de independizarme, y esa rabia que podría haber movido su mundo se había vuelto impotente.

Nunca he hablado abiertamente con ella. Por muy elocuentes que fuéramos las dos, cada una a nuestra manera, nunca hablamos abiertamente. En una época tuve una especie de sentimiento familiar hacia ella, pero era poco sincero, y hace ya mucho que se extinguió. La que me interesa es la que era cuando seguía teniendo contacto con su dolor, de la que me esfuerzo por liberarme, una labor que seguramente no puede concluirse; tengo que ver el antebrazo izquierdo de mi madre.

Seguramente lo intentara de niña torpemente, pero enseguida era demasiado tarde. De adulta lo intenté al menos dos veces, la primera unos meses después de cruzar el océano, cuando escribí una larga carta para explicarme del modo más sincero y abierto que pude, pero por la breve respuesta que recibí, entendí que el escándalo social creado por mi abandono del matrimonio y de la familia la había herido más que mi pérdida, así pues, mis motivos no le interesaban. Volví a intentarlo no mucho tiempo después del entierro de mi padre, y entonces recibí el acusador mensaje de texto de Ruth contándome cuánto le había dolido a mi madre que yo no hubiera ido, había sentido un dolor mortal, escribí una carta a mi madre sobre mi complicada situación, Mark gravemente enfermo y John con solo quince años, en la que insinuaba que mi padre tuvo que ser un hombre con el que resultaba difícil convivir, un patriarca severo que imponía siempre su voluntad, controlando su entorno mediante el miedo, ella protestó con vehemencia. Mi padre había sido el mejor marido que una mujer podía tener, el mejor padre que un hijo podía tener, yo debería estar agradecida por haberlo tenido como padre, no había nada que reprocharle, cómo me atrevía a hablar mal e irrespetuosamente de los muertos. Está claro que no debía resultarme hiriente que mi madre, que se equivocaba en casi todo, no me entendiera, pero me dolió. Una vez más constaté apenada que mi madre cerraba los ojos ante todas las verdades molestas, y me di por vencida.

¿Había recobrado la esperanza de mantener una conversación con mi madre? Ahora que lo más probable era que una mujer de ochenta y muchos años, en lugar de arrepentirse de las decisiones tomadas en su vida y de expresar tal arrepentimiento, las defendiera luchando a brazo partido, que mi madre afirmara con insistencia que seguir en todo las indicaciones de mi padre sin crítica alguna, asumir la receta vital y el sistema normativo heredado de él en todo, había sido por su bien y sobre todo por el bien de sus hijas, lo más probable es que hiciera ya tiempo que mi madre había dejado de reflexionar sobre el pasado, de tantearlo, *carpe diem*.

Pero yo no lo aceptaba, me imaginaba que toda su vida había permanecido ajena a sí misma, pero con un deseo de ser redimida, ¿y creía yo que podía ayudarla?

Era muy ingenua.

Pero mi madre lloró en la iglesia.

Se dice que la gente mayor vuelve a la infancia, pero quizá vaya despacio hacia atrás, hacia la infancia, de manera que si mi madre llega a los noventa años, lo que sin duda ocurrirá, tal vez ya haya llegado a aquel día en que estaba sentada sola en el baño y liberó su respiración con una cuchilla de afeitar.

Me levanto en la oscuridad, hago fuego en la estufa de hierro y en la chimenea de ladrillo, preparo café y me lo tomo, no consigo comer nada, camino sobre mis huellas hasta el coche. Mientras conduzco hacia la ciudad, se hace lentamente de día, luego el sol se vuelve poderoso. Domingo, catorce de diciembre, espero que mi madre vaya a la iglesia.

Aparco el coche delante del número 22 de la calle Arne Brun, las campanas de la iglesia aún no repican, apago el motor, voy bien abrigada, pero de todos modos en el coche enseguida hace frío, a pesar de los dos grados sobre cero y el sol de fuera, arranco el motor, me he vuelto descuidada o indiferente, quizá obstinada. La calle está vacía, ¿pero por qué están los árboles vigilando? El bloque de mi madre reposa pacíficamente, ¿pero por qué parece una fortaleza? Las campanas de la iglesia repican, pero no sale nadie, aparece una máquina quitanieves y me veo obligada a mover el coche y dar la vuelta en el cruce más cercano, sigo a la máquina quitanieves y aparco en el mismo sitio que estaba, solo que mirando hacia el otro lado, nadie ha salido del 22 de la calle Arne Brun, no he perdido de vista la entrada más que durante un par de segundos, las campanas han dejado de sonar, la misa ha empezado y mi madre no va a asistir. Mi madre no está en casa, tal vez se haya marchado, tal vez vaya a celebrar las Navidades en el sur, me parece una idea horrible ahora que yo estoy tan cerca. Apago el motor y me bajo del coche, cruzo la calle y rodeo el edificio hasta encontrarme debajo de la terraza de mi madre, por suerte, hay luz en las ventanas, me coloco resuelta en el césped cubierto de nieve, mirando hacia arriba, no es ilegal, me agacho, cojo un puñado de nieve y hago una bola, la tiro y acierto donde supongo que se encuentra la ventana del salón de mi madre, hay macetas en el alféizar y un candelabro de siete brazos, seguramente con motivos navideños, no he olvidado las viejas habilidades, espero, no ocurre nada. Me agacho y cojo otro puñado de nieve, hago una bola dura, levanto el brazo, apunto, tiro y doy en el clavo, suena más fuerte que antes, esta vez la he lanzado con más fuerza, espero ver la sombra de mi madre detrás de las flores de las macetas, la situación me recuerda a una antigua petición de mano, tal vez abra la ventana y diga que sí. No veo nada, no oigo nada, me agacho, cojo otro puñado de nieve, hago una bola dura y la lanzo, en ese momento veo una sombra detrás de las macetas, la bola da en la ventana, el cristal se rompe, me alejo corriendo, no era esa mi intención.

Ruth escribió que habían denunciado la rotura del cristal de la ventana a la policía, pero yo no recibí nada, seguramente solo eran palabras vacías, ellas no podían saber con seguridad quién había tirado la bola. Y sin embargo no me di por vencida, o precisamente por eso, hice un plan.

Al mismo tiempo me pregunté: ¿Qué quieres en realidad?
¡Saber!
¿Porque?
Porque si consigo obtener la confirmación de que el antebrazo izquierdo de mi madre está lleno de cicatrices blancas, finas como una tela de lino tejida, ella no podrá negar el dolor, y aunque no quiera sincerarse, si consigo ver esas cicatrices, entenderé mejor cómo se sentía la que se ocupó de mí de pequeña, cuyo dolor habrá fluido desde su corazón hasta el mío. ¡Si consigo entenderla mejor, tal vez pueda perdonarla!

Pero ella no piensa que haya hecho algo por lo que necesite perdón, independientemente de las cicatrices.

¿Hay alguna madre en el mundo que no opine que haya hecho algo mal a su hijo, algo por lo que no necesite perdón? Sí, esta madre, esta madre especial, mi madre, porque ha demonizado a su hija mayor, en colaboración con su hija menor, ha decidido que todo lo que han sido y siguen siendo errores en la familia son culpa de la hija mayor, ¡y por eso *ella, la mayor,* tiene que pedir perdón! Y tal vez lo haga si consigo ver sus cicatrices, es decir, llorar por ellas con retraso y pedir perdón por haber entendido demasiado tarde el dolor que ella soportaba, lo confusa y atrapada que tenía que sentirse.

Pero a ella le importa una mierda si tú lo entiendes o no, te ha eliminado hasta tal punto que le importa un carajo tu vida espiritual, y no quiere hurgar en el pasado para nada. Ha sobrevivido gracias a su capacidad de huir de todo lo desagradable, y lo que te ha ayudado a sobrevivir no quieres dejarlo, así que olvídalo.

Pero el pasado no ha muerto, ¡ni siquiera es pasado! Eso es lo que creen los personajes de Ibsen, que pueden dejar atrás su pasado, pero luego resulta una y otra vez que no es posible. De modo que antes o después, mi madre será sin duda infestada por el pasado, al menos involuntariamente por las noches, Yellowstone, Montana y todos los sueños a los que tuvo que renunciar porque los de mi padre siempre iban por delante de los suyos. Ella cree haberlo olvidado, pero en su interior hay un lugar junto al vacío dejado por mí, un minúsculo espacio vacío en el que yo vivía en el pasado, no, Ruth ocupa ya ese lugar, es más fácil llevar dentro a Ruth que a mí, yo resultaba pesada de llevar desde el principio. ¡Así que olvídalo! ¡Pero eso es justo lo que no puedo hacer! No puedo apartar a mi madre, porque tengo la sospecha de que su amor por mí, desde muy temprano tan ambiguo, y su actual gran animosidad, reflejan sus conflictos no resueltos, y me gustaría saber más sobre ellos. El misterio de mi madre es mi misterio y el enigma de mi existencia, y tengo la sensación de que solo acercándome a ella puedo llegar a una especie de redención existencial.

Pero si la tarea es reconciliarse con lo inexpresado.

Mi madre ha sufrido mucho a causa de su hija mayor, iba a escribir, y escribí que mi madre se había reído mucho a causa de su hija mayor.

Mi madre se reía cuando yo imitaba a la señora Benzen yendo a la tienda con su carrito y amenazando con el puño a los coches que venían en dirección contraria. Mi madre se reía cuando yo imitaba a la señorita Bye, bamboleándose mientras daba gracias por los alimentos con los ojos cerrados, antes de dejarnos sacar los bocadillos. Cuando mi padre no estaba, mi madre se reía cuando yo imitaba la grave voz de la abuela Margrethe, felicitándome por mi cumpleaños: ¿Johanna Hauk? Feliz cumpleaños. Te he enviado una fortuna por correo.

A veces mi madre decía: Qué dice la abuela Margrethe cuando te llama por tu cumpleaños, y yo bajaba la voz y hablaba con acento de Bergen, como la abuela Margrethe, y mi madre se reía, eran momentos agradables, mi madre los echa de menos.

Marguerite Duras escribe en algún lugar que cualquier madre en cualquier infancia representa la locura. Que la madre es y seguirá siendo la persona más extraña que uno ha conocido, creo que tiene razón. Muchos dicen cuando hablan de su madre: Mi madre estaba loca, lo digo en serio: loca. Cuando una recuerda a su madre, se ríe mucho, y eso es gracioso.

Conduzco hasta el bosque y voy andando hasta la cabaña por la nieve nueva sobre las viejas huellas, por la noche sueño que mi madre está en la iglesia llorando, y cuando la misa ha acabado, y todo el mundo se ha marchado, mi madre se queda sentada en el banco como yo hice, y viene el ayudante del pastor y le pregunta si quiere hablar con el pastor, mi madre asiente con la cabeza y el ayudante va a buscar al pastor, que se inclina hacia mi madre, y mi madre dice con la cara humedecida y una voz tan infantil que me rompe el corazón: Soy muy desgraciada, estoy muy sola.

Me despierto empapada en sudor y sé que nuestra anterior relación ha sobrevivido dentro de mí, que esa dependencia que yo tenía de ella, que era a la vez apreciada y odiada, vive dentro de mí.

La llamé infantil, ahora me arrepiento de ello, fue infantil.

Después de la rotura del cristal, ellas toman sus precauciones, debo ser muy discreta. Mi madre no sale sola, se atrinchera en su casa, no abre la puerta cuando llaman arriba, y si llaman abajo, pregunta siempre quién es antes de abrir. Ruth va a buscarla y la lleva si necesita hacer algo en el centro. Mis posibilidades de ver a mi madre a solas son mínimas.

Me voy a la cabaña y me quedo allí sola una semana, dibujo a carboncillo los rasgos de mi madre. No me importa la exposición retrospectiva. El alce llega sin cuernos, así es la vida, su pelaje se ha aclarado, es diciembre, pronto será Navidad. No hago ningún ruido, esperan que me haya dado por vencida y ellas han bajado la guardia. El día veintitrés encenderán una vela en la tumba de mi padre, es decir, el próximo sábado.

Dibujo a mi madre. Está nadando sola. Mi padre la pesca del mar y la suelta en una pecera. Mi madre está sola en la pecera, sabe que no es un pez de colores y teme la reacción de mi padre cuando se entere. Mi madre siempre tiene miedo. Mi madre pare a una cría en la pecera, ella tampoco es un pez de colores, mi padre lo descubre inmediatamente, por qué va a alimentar él a esa extraña criatura tan poco decorativa, la comida de los peces de colores es cara. Mi madre intenta defender a su cría, «ya lo dije yo», pero resulta una tarea demasiado ardua, y la cría da un salto y se sale de la pecera, por suerte el mar está tan cerca que acaba en él y puede alejarse nadando. Mi madre hace todo lo posible para parecerse a un pez de colores y lo consigue bastante bien, luego mi padre se muere.

Cómo se sintió mi madre cuando *Hija y madre 1 y 2* se expusieron en Gråtveit. Humillada. Qué ganas tendría de gritar: «Deberíais saber cómo me siento». Pero no podía hacerlo, no era posible en el lugar en el que se encontraba, tuvo que reprimir ese grito. Luego murió mi padre, yo no acudí al entierro, mi madre pensó en mí como perdida, y vivió así la segunda pérdida, peor que el dolor que yo sentí cuando murió Mark, quizá insoportable, y a mí ni se me ha ocurrido pensar en ello.

En el cuadro *El retorno del hijo pródigo,* de Rembrandt, se ve al joven hijo arrodillado humildemente frente a su canoso padre entrado en años, pidiéndole perdón por haberlo abandonado, sabe que ya no es digno de ser su hijo, pero le ruega que le permita ser su criado. El padre le pone las manos sobre los hombros, las manos resplandecen de amor sin reservas, y la cara irradia la mayor felicidad paternal, porque le ha sido devuelto lo que no se puede perder y había perdido.

Es bonito, pero no pertenece a la esfera humana. El padre pintado por Rembrandt representa a Dios, y pretende mostrarnos que Dios recibe a todos los perdidos arrepentidos, que la misericordia de Dios es grande. Pero si el padre y la madre terrenales fueran como él, los seres humanos no habrían tenido que inventarlo.

Así que no tienes nada que aprender de ese cuadro.
    Qué.
    Ser humilde, doblegarse.

Si tuviera un encuentro con mi madre, no asustada, no llena de dudas, no orgullosa de mi éxito, no vengativa, sino absolutamente humilde, absolutamente confiada, con la mayor entrega, si me encontrara con mi madre con la mirada de la infancia, la que confía en ella todo mi destino, el ruido del tráfico cesaría, el murmullo de los árboles dejaría de oírse, habría calma total a nuestro alrededor, y mi madre no sería capaz de resistirse.

Atreverse.

Revelo la imagen del alce de aquel día que creía que se había vuelto loco, cuando me asustó para hacerse el valiente. Al verlo llegar, noté enseguida que venía por algo especial, ¿qué? Su cornamenta era más grande que nunca, tan pesada que pensé que tendría que ser difícil de llevar. No venía trotando despacio, tranquilo y digno, como de costumbre, siguiendo las huellas de siempre de la pradera a la cabaña, sino intranquilo, como si tuviera dolores u hormigas en la sangre, y me imaginaba que continuaría por su camino habitual, cuando de repente se volvió, inclinó la cabeza y corrió a gran velocidad hacia el pequeño grupo de abedules enanos, a menos de dos metros de la pared de la cabaña, alcanzándolos sin reducir la marcha, desesperado o sumamente cabreado o enloquecido, y empezó a dar cornadas a las ramas, a meterse por entre los árboles, a morder los troncos y las ramas como si estuviera atrapado por ellas y quisiera librarse o meterse dentro, como en una trampa, cazarse a sí mismo, la enorme parte trasera del cuerpo intentando poner orden en su incontrolable cornamenta, con todas sus protuberancias, internándose una y otra vez a toda velocidad en el ramaje, de un lado para otro, hasta que trozos manchados de sangre le colgaban de la cornamenta sobre los ojos y el hocico. Siguió dando cornadas, a pesar de todo, tomó impulso y embistió el entramado de ramas tantas veces que parecía una autolesión frustrada o una protesta contra las condiciones de vida en la tierra, estuvo así tanto tiempo que al final empezó a aflojar y debilitarse, yo tenía miedo de que se desplomara, de que se desmayara, parecía un animal herido de muerte, pero entonces cayeron al suelo los últimos trozos de la cornamenta manchada de sangre o se quedaron colgando de las ramas de los árboles como *strange fruit* o extraños adornos navideños, y entonces, de repente, apareció la cornamenta brillante y blanca, reluciente como mármol, por fin liberada de su cáscara, su piel, su líber protector, lista para defender su mundo contra el mundo.

Conduzco hasta la ciudad el día de antes. Todo está adornado para Navidad, pero la nieve se ha derretido y convertido en aguanieve sucia. Hay colas en las entradas de los grandes centros comerciales de las afueras, aunque solo son las dos del viernes por la tarde. Los coches escupen gases de escape, y sus ocupantes están atormentados por todo lo que tienen que comprar antes de la hora de cierre. La impaciencia vibra en el aire contaminado. Sobre las tres, entro en el taller y cuelgo los dibujos hechos a carboncillo, el alce con y sin líber, con y sin cornamenta, añoro el lugar donde vive, pero tengo un cometido que cumplir. Ha llamado Fred, pero tampoco puedo hablar con él, no quiero buenos consejos.

Duermo intranquila y me despierto con calor, dejé las estufas a una temperatura demasiado alta. Me levanto y abro la puerta de la terraza, necesito aire frío en la cara y en las manos. Lo sé: hoy ocurrirá.

Me abrigo todo lo que puedo, ropa interior de lana sobre ropa interior de lana, y encima, el mono que llevaba en la experiencia de las esculturas de hielo en Alaska, me tomo un café con leche caliente en una silla en la terraza viendo un barco con brillantes luces rojas a lo largo de la borda abandonar el puerto, el aullido de la chimenea encaja bien en el ambiente, falta poco. Soy incapaz de comer, conduzco hasta la calle Arne Brun, aparco, son las diez y cuarto. No veo a nadie, me bajo del coche y cruzo la calle hasta el arce del jardín que rodea la finca número 24, me coloco junto al grueso tronco, mirando al seto de tejo que crece junto a la verja, aguzo el oído, pero solo oigo un murmullo sordo procedente de la calle ancha, a unas manzanas de distancia. Estoy concentrada y tranquila. No me cuesta ningún esfuerzo. No llevo allí más de un cuarto de hora cuando oigo un coche, voy hasta el seto y aparto las ramas, el Volvo rojo de Ruth aparca justo detrás del mío y sale ella, vestida como la última vez que la vi, chaqueta oscura, bufanda gris oscura al cuello, pelo corto canoso, casi blanco, de punta, gafas con vaho en los cristales y mochila a la espalda, no me he equivocado.

Veinte minutos después, mi madre y Ruth vienen cogidas del brazo por la acera y pasan justo por delante de mí, mi madre es la que pasa más cerca, me parece oírla respirar y percibo su olor, pero puede que sean imaginaciones mías, lleva un chaquetón verde oliva, bufanda gris al cuello, y gorro verde en la cabeza, las dos van con pantalones oscuros y botas gruesas, como si hubiesen comprado todo juntas, en el mismo sitio. Andan al compás, se mueven al compás, llevan tanto tiempo yendo al compás que han olvidado que lo hacen, están atontadas, aturdidas, se han olvidado de la realidad, pero quizá sean imaginaciones mías.

Las sigo hasta el cementerio, me sé el camino y no necesito ir muy cerca de ellas, cuando llegan a la tumba de mi padre se paran, claro está, Ruth se quita la mochila, saca una plancha de corcho blanco y se arrodilla en ella, retira la corona vieja y barre el suelo de agujas de coníferas y hojas mojadas, mi madre está de pie como la otra vez, con las piernas ligeramente separadas y los brazos cruzados a la espalda. Ninguna de las dos dice nada, yo escucho desde detrás del seto. Una mujer con un perro atado a una correa viene hacia mí, el animal casi me saluda, porque parezco un perro, encogida detrás del seto, me husmea, espero que la dueña no me pregunte por qué estoy sentada detrás de un seto escuchando en silencio, me llevo un dedo a los labios, la mujer me mira interrogante, pero no dice nada, sigue andando, mira de nuevo a Ruth y a mi madre, y a mí, yo sonrío para que crea que se trata de un juego. El perro no quiere seguir, la dueña lo llama, se llama Fiel, mi hermana gira la cabeza, pero no me ve, saca una nueva corona de la mochila, y la coloca donde estaba la otra, retira la vela consumida de la tumba, saca una entera de la mochila, la enciende y la coloca detrás de la corona, que es redonda con bayas rojas, escucha el silencio. Se incorpora, tira la corona marchita y la vela consumida al contenedor, que está muy cerca de donde me encuentro, vuelve a meter la plancha en la mochila, se levanta y se coloca al lado de mi madre, las veo desde atrás, parecidas pero diferentes, mi madre con una especie de firmeza en las piernas, Ruth doblando las rodillas, como un pájaro, como si mi madre fuera la jefa, aunque dependa de ella, el poder de la madre es grande, el poder de mi madre es grande. Mi madre se pone en marcha, con una pierna delante de la otra, Ruth la sigue como una sombra, rodean el árbol de detrás de la tumba, como la última vez, ya no llueve, he dejado de llorar, las sigo a buena distancia, mi madre ha esperado a Ruth y se agarra a su brazo, pasan por delante de tumbas y árboles, la nieve cae y se derrite sobre la hierba marchita, sobre la tierra y sobre el asfalto, no habrá Navidades blancas este año, pero yo me marcharé, tal vez ya mañana, si... Pasan por delante del coche de Ruth, ¿esta vez la acompañará hasta su casa? Ruth sigue a mi madre, la tiene cogida del brazo, mi madre se agarra a su brazo y se deja caer sobre él, como si fuera una víctima, quiere ser una víctima, cree que eso la favorece, noto la ira subirme por el cuerpo. Se paran en el número 22 de la calle Arne Brun, Ruth abraza a mi madre, se da la vuelta y va hacia el coche, yo me escondo detrás del abedul, Ruth se mete en el coche rojo, mi madre se queda parada mirándola, abre el bolso, supongo que para coger las llaves, las saca, Ruth arranca y pasa por donde está nuestra madre, que pone cara de pena y dice un solitario adiós con la mano de las llaves, pero Ruth no puede vivir con nuestra madre. El coche de Ruth desaparece, mi madre se vuelve y va hacia la puerta, yo me acerco con cuidado hasta donde ella estaba y la sigo, no se vuelve, no oye tan bien como antes, metódica y con las llaves en la mano apunta al ojo de la cerradura, acierta, abre y empuja ligeramente la puerta, es una de esas puertas que se abren solas y despacio, para gente mayor, mi madre entra sin mirar hacia atrás, la puerta se cierra despacio sola, mi madre pasa por delante de los buzones, llego a tiempo, mi madre está frente al ascensor, pongo el pie izquierdo entre la puerta y la pared, me inclino hacia el ladrillo, si mi madre se vuelve no podrá verme, no se vuelve, llega el ascensor, mi madre entra, la puerta se cierra tras ella, me meto en el portal y subo corriendo las escaleras, paso de largo la tercera planta, adonde llego antes que ella, ahí llega el ascensor. Mi madre sale, yo bajo sigilosamente, ella tiene el llavero preparado en la mano, abre la puerta, entra, la puerta se está cerrando tras ella, yo pongo el pie izquierdo en el umbral y la mantengo abierta, me ayudo con la mano, mi madre se vuelve, me ve y se le para el corazón, grita, pero ya estoy dentro.

Estoy de espaldas a la puerta, ella retrocede hacia lo que parece ser el salón, se ha recompuesto y dice: ¡Fuera!

Yo digo: ¡Mamá!

Ella dice: ¡Cómo te atreves! ¡Fuera!

Yo digo: ¿No podemos hablar cinco minutos?

Ella dice: ¡No tengo nada de que hablar contigo!

Yo digo: ¿No puedes dedicarme cinco minutos? ¡Solo te pido cinco minutos, hay cosas que me gustaría saber, que significan mucho para mí!

Ella repite: ¡Fuera!

Yo digo: ¡Mamá!

Aprieta los ojos como si le diera asco verme. ¡Voy a llamar a los vecinos! Gritaré si no desapareces. ¡Voy a llamar a la policía! ¡Fuera!

Yo digo: ¿Tan fácil te resulta renunciar a mí?

Ella dice: Eres tú la que ha dado lugar a esto, tú eres la culpable, ¡esos horribles cuadros tuyos!

¡No eras tú! ¡Mamá!

¿Ah, no? ¿Y qué crees que piensa la gente?

¡No me vengas con eso!

¡Como si tú fueras mejor que nadie! ¡Siempre te has comportado como si fueras mejor que los demás, pero es al revés! ¡Estás mal de la cabeza, todo el mundo lo dice, estás mal de la cabeza!

Reconozco el tono de voz de la juventud, el sonido y los términos de la juventud, la determinación, la obstinación y el enfado de la juventud, la parálisis y el llanto en la garganta de mi juventud, y como entonces, me hundo y quiero huir, porque toda mi pesada labor de reconocimiento resulta infructuosa. Y sin embargo no me voy, porque el dolor es una cadena que trae ese deleite mágico que la felicidad nunca puede proporcionar. ¿O porque podemos aprender algo cuando nos encontramos dentro de él?

Yo digo: ¿Así que tú no tienes ninguna culpa?

Mi madre: ¡No me vengas con culpas! ¡Fuera, te he dicho, o llamo a la policía!

Yo digo: ¡Llama a la policía! ¡Háblame de Yellowstone, Montana!

¡Fuera!

¡Sé que te hiciste cortes en los brazos con las cuchillas de afeitar de papá cuando yo era pequeña!

Su cara se retuerce, la boca se le arruga, frunce el ceño, reconozco esa boca, esa cara, esa cara forzada y tenaz de la represión, los ojos que se cierran brillando de amargura y odio, pero también la negra angustia en el fondo de esos mismos ojos, ¡mamá!

¡Mientes! ¡Eres una mentirosa! ¡No dices más que mentiras!

¡Enséñame entonces los brazos!

Fuera, repite ella, chillando, haciendo una excepción y prescindiendo de esas reglas de cortesía que ha respetado y que la han oprimido durante toda la vida, habría tenido algo de liberador de no ser por mí, y de que yo también tenía miedo.

Así que no te atreves a enseñarme el antebrazo izquierdo. Enséñame el brazo izquierdo, digo, exijo, noto que la ira me va subiendo por dentro. Fuera, grita ella. Enséñame el brazo izquierdo y me iré, digo, oigo con sorpresa que mi voz tiembla.

Vete, grita mi madre, fuera de mi casa, resopla mi madre con una voz que rezuma odio, lo comprendo: desea verme muerta. Busca el teléfono en el bolso, retirándose hacia lo que debe ser el salón, voy a llamar a la policía, grita, yo la sigo, levanto el brazo para quitarle el teléfono, no me atrevo, ella pulsa tres teclas, seguramente el 113, le arranco el teléfono de la mano, cae al suelo, lo cojo, soy más rápida, lo lanzo contra la pared, da contra un cuadro, que se rompe, ella se vuelve hacia allí, ahora siente más miedo que odio, eso es una mejoría. Lo comprendo: mi madre cree que voy a matarla, cree que la odio como ella me odia a mí, y que soy capaz de matar, en los demás te reconoces a ti mismo. Me lanza el bolso, yo lo desvío antes de que me alcance, cae al suelo, ahora grita tan alto que la oirán todos los vecinos, es urgente, es la última posibilidad, la cojo por la chaqueta, ella grita, le arranco la chaqueta del brazo izquierdo, ella se cae, me inclino sobre ella, le subo la manga del jersey y veo las cicatrices, cicatrices blancas de sufrimiento, cicatrices blancas como prueba, no estoy loca. Lo sabía, digo, lo sabía, digo, la suelto, me levanto y la miro, lo sabía, digo, ella está en el suelo con la mano derecha sobre el antebrazo izquierdo, como para ocultarlo, como un acto reflejo la mano derecha ha encontrado el brazo izquierdo, pobre mamá, pero qué puedo hacer, mi madre está muda, mi madre está paralizada, he paralizado a mi madre, ella cree que voy a matarla, eso es lo que parece, como si le hubiese llegado el momento, como si su hija ya la hubiera matado, yo la he matado, sacudo la cabeza. Ya no tendrás que verme más, sacudo la cabeza como un acto reflejo, sacudo la cabeza, abro la puerta, ya no tendrás que verme más, digo, y soy sincera, es verdad que no quiero verla más, basta ya.

Voy a la entrada, me vuelvo y la miro por última vez, los ojos salvajemente abiertos, eres una persona horrible, dice, cierro la puerta, ella grita: Ojalá nunca te hubiera dado la vida. No eres quien crees ser, dice.

Bajo las escaleras y salgo.

Cómo amo a mi madre en el baño con la cuchilla de afeitar, mi desesperada madre de otros tiempos.

Cojo el coche y me voy a la cabaña con niebla y aguanieve, el limpiaparabrisas no consigue retirar el agua que cae del abierto cielo gris, voy como en trance, penetrada por electricidad.

Ojalá nunca te hubiera dado la vida. No eres quien crees ser.

Durante mucho tiempo intenté entenderla a distancia, pero me di cuenta de que no podía ser, que mis imágenes de ella eran rígidas y estáticas, y comprendí que tenía que verla, entonces ella no quería verme y yo la busqué en mi intento de entender quién era ella ahora, para descubrir que las válidas eran las imágenes rígidas, que las imágenes más suaves creadas por mi labor memorística durante el último año no correspondían a ninguna realidad. Ella sentía una indiferencia total hacia lo que ocurría dentro de mí.

Ella había abdicado como madre mía, yo estaba muerta dentro de ella. Mi madre lo había logrado.

Mientras, yo la había apartado, congelado, imaginándome que podría derretirla cuando estuviera preparada para ello. He fracasado.

Me meto en el coche, conduzco hasta donde suelo aparcar, atravieso el bosque andando por el sendero, llego a la cabaña y abro. Por fin, al sentarme, llega el dolor paralizante de la infancia, lo esperaba, pero no así. Pensaba que estaba entrenada en ese dolor, que se había vuelto cano y manejable, pero me llegó con una fuerza renovada. Por suerte, sé por experiencia que cuando duele tanto que creo perder la conciencia, el dolor se desvanece, como dicen los que pierden un brazo o una pierna en un accidente, que no notaron nada, porque los nervios son incapaces de transmitir tanto dolor al cerebro, el sistema se sobrecarga, eso es lo que pasa si lo dejo llegar sin resistirme.

Se había visibilizado lo que antes era invisible, y hecho impro-
bable lo que antes parecía probable, que ella de alguna manera me quisiera.

Sin embargo, su rechazo me causó más impresión de lo que me imaginaba, lo sentí como si ella nunca acabara de abandonarme.

Tuve que dejar marchar toda esperanza, abandonar mi cornamenta, que había sido una gran carga, tuve que crear yo misma lo que me hacía falta.

Hay muchas maneras de abandonar a tu madre, más de cincuenta. Me pongo la ropa de los domingos, afino mi mente y me voy al lugar de las grandes expectativas, el cementerio de las esperanzas decepcionadas, el gran bosque. Llevo conmigo la caja de puros, la funda del edredón de cuadros azules, y el pájaro amarillo, cargo con todo y me vuelvo pesada, recupero el peso perdido de la infancia mientras llevo a mi madre a cuestas, como la he llevado siempre, es mucho peso, me deja una herida en el hombro, hasta ahora no me había dado cuenta, por fin noto lo profunda que era mientras cargo con mi madre hasta dentro del gran bosque, donde los abetos crecen tan juntos que no hay nieve, que la tierra no está helada, donde se puede escuchar el murmullo de los muertos entre los árboles. Encuentro un sitio adecuado entre un hormiguero vivo y un tocón putrefacto, cavo un hoyo con un escoplo y un cazo de hierro, desenvuelvo a mi madre y la estudio por última vez, mi madre, en cuyo pecho descansaba de niña, en cuyos brazos descansaba de niña, caliente y sin miedo, quizá, ella, cuyo puerto buscaba cuando tenía miedo, cuyo regazo buscaba cuando estaba triste, ella, a quien rogaba: Escóndeme, mamá, pero la que no tenía a nadie donde esconderse, donde buscar refugio, yo mamaba imposibilidad de mi madre, el dolor corría de su pecho a mi boca y al resto de mi cuerpo, pero algo dentro de mí lo entendió y se resistía, y más adelante busqué alejarme de su imposibilidad y su dolor. Me he ido lejos, mamá, pero creo que me he movido más bien en círculo, mamá, cargándote a ti y tu peso, mamá, pero ahora se acaba, mamá, estoy cansada, mamá, y no tengo nada más que decir, mamá, buscaré mi madriguera, mamá, érase una vez una niña soñando con encontrar el camino dentro de ti, y ahora soy mujer y te doy por perdida, me despido de ti y te entierro, te me quito de encima y te dejo, te cubro de musgo oscuro, evoco el olor a la chaqueta que te quité y al jersey cuya manga subí, y ya no me gusta ese olor, es una señal. Polvo eres y en polvo te convertirás, y me voy de allí sin mirar hacia atrás.

Rescindo ambos contratos y recojo mis cosas, vuelvo a casa, donde mejor trabajo, Utah, todo está consumado.

Mi madre está muerta dentro de mí, pero a veces se mueve.

Y quedan estos tres consejos: Hay que dejar la ropa en remojo toda la noche y luego aclararla tres veces. Los espaguetis están cocidos cuando se quedan colgando de los azulejos de la cocina. Si todo lo que ves lo compras, cuando los demás rían, tú llorarás.

Lo más importante es lo de los espaguetis.

Esta edición de *¿Ha muerto mamá?*, compuesta en tipos AGaramond 12/15 sobre papel offset Natural de Vilaseca de 90 g, se acabó de imprimir en Salamanca el día 13 de noviembre de 2022, aniversario del nacimiento de Torborg Nedreaas

Otros libros de Vigdis Hjorth

La herencia